LES TRACES DU LOUP

LES LOUPS DE GRANITE LAKE, TOME 4

VIVIAN AREND

WOLF TRACKS / Les Traces du loup

Copyright © 2010 par Arend Publishing Inc.

ISBN : 9781990674068

Correction de la version originale par Anne Scott

Relecture de la version originale par Sharon Muha

Traduit par Murielle Clément et Valentin Translation

Conception de la couverture par Croco Designs

———

Pam laissa échapper un long et lent sifflement et regarda par la fenêtre pour admirer le paysage une fois de plus.

— Merde, Maggie, je savais que tu cachais quelque chose, mais sérieusement ! Combien puis-je en ramener à la maison ?

Une légère tape sur son bras éloigna son attention de l'arrière-cour et de la succulente variété de chair humaine qui s'y rassemblait.

— Tu es censée m'aider, pas baver sur les invités du mariage.

Maggie lui tourna le dos et fit un geste par-dessus son épaule.

— Prends le dernier de mes boutons, veux-tu ?

— Où as-tu obtenu cette magnifique robe si rapidement, ici, dans les Boonies ? Je veux dire, ça fait deux mois que tu es allée dans le nord. Non pas que j'aie calculé ou quoi que ce soit, mais soixante-sept jours, c'est peu de temps pour tomber amoureuse, se fiancer et s'arranger pour se marier.

Pam glissa le dernier des minuscules boutons de nacre à

travers les boutonnières. Depuis la dernière fois qu'elle avait vu son amie, et tomber amoureuse ne semblait pas être la seule chose qui avait changé. Pam considéra la chambre dans laquelle elles se trouvaient, de plus en plus suspicieuse du fait que Maggie lui cachait des secrets. Quelque chose clochait et, au fil des années, Pam avait appris à faire confiance à son instinct.

— C'est la robe de ma sœur. J'ai juste dû ajouter un peu de dentelle sur le bas pour rattraper la différence de taille.

Maggie tournoya et les couches de dentelle de la jupe voletèrent autour d'elle. Ses courts cheveux blonds rebondissaient plus sauvagement que d'habitude, un mince diadème argenté niché au milieu du scintillement.

— À quoi je ressemble ?

Pam leva les yeux au ciel.

— À une putain de reine des fées, comme d'habitude. Seigneur, pourquoi le demandes-tu ? Tu serais magnifique dans un sac en papier.

Maggie éclata de rire.

C'était maintenant ou jamais.

— J'ai besoin de savoir, Mags. Est-ce vraiment quelque chose que tu veux faire ? Ou est-ce que tu te maries si vite parce que, oh, tu sens que tu dois...

Sa meilleure amie fronça les sourcils.

— Penses-tu que je suis obligée de le faire ? Je suis amoureuse et je veux épouser Erik.

— Ce n'est pas parce que tu penses que tu es enceinte, au moins ? Si c'est le cas, je serais tout à fait d'accord pour t'aider...

— Pam !

Maggie la serra dans ses bras, la serra avec la plus grande étreinte possible.

— Oh, ma chérie, je suis honorée que tu veuilles m'ai-

MERDE.

Merde.

TJ déglutit difficilement et le regretta immédiatement. Sa langue avait capté la saveur de la femme que Maggie avait entraînée, et maintenant les produits chimiques parcouraient à nouveau son corps, lui faisant mal.

Merde.

Comment était-ce possible ? Maggie l'avait pris à part pour l'avertir : encore une fois, il ne pouvait rien dire à son amie sur le fait qu'ils étaient des loups parce que Pam était humaine. Il ne devait pas laisser le loup-garou sortir du sac, pour ainsi dire.

Il était indigné que Maggie le traite comme un enfant et s'attende à ce qu'il se trompe. Juste parce qu'il s'était accidentellement transformé une fois auparavant. Ou deux fois.

Mais ces deux cas remontaient à des années. Il avait vingt-deux ans, et alors qu'il préférait toujours sa forme de loup pour les mouvements à haute dextérité, son humain s'améliorait. De plus, Keil avait déjà donné des ordres de sa voix d'Alpha haute et puissante pour que tous les membres de la meute restent sans fourrure pendant la durée du mariage. Personne ne désobéirait à son ordre direct.

Encore... *merde.* C'était une bonne chose que Maggie l'ait prévenu, car sa première impulsion en posant les yeux sur la beauté fut de se changer et d'enfouir son nez dans ses cheveux brun foncé. Il voulait la renifler partout, puis reprendre sa forme humaine pour la lécher, en commençant par ses orteils et en se distrayant avant d'atteindre n'importe où près de sa gorge.

Son sexe lui faisait mal et sa vision se brouillait. Est-ce que son ouïe ne bourdonnait pas aussi ?

pas reculer.

Elle attrapa ses doigts, avec l'intention de lui donner une poignée de main ferme et professionnelle lorsqu'il porta sa main à sa bouche.

— Mon plaisir. Vraiment.

Il se pencha en avant et embrassa ses jointures.

Un frisson glacial glissa le long de sa colonne vertébrale, et oh, ma parole, son corps se mouilla instantanément. *Mince* ! Est-ce qu'il venait de lui lécher la peau ?

Elle savait qu'elle le fixait, mais il semblait qu'il n'y avait aucun moyen de détacher son regard du sien. Même après s'être redressé, il refusa de laisser retomber ses doigts et elle se tint là comme une statue de nain de jardin effrayant avec sa main dans la sienne, espérant que par une circonstance étrange, ils se révéleraient magiquement seuls dans une chambre avec un matelas ferme lui heurtant l'arrière des genoux.

La luxure vola sa langue.

— TJ ?

Maggie lui donna un coup de coude et il se secoua, comme s'il se réveillait.

Il prit une profonde inspiration et ses yeux s'écarquillèrent encore plus.

Pam détourna les yeux. L'érection de son ami devenait de plus en plus évidente.

— Pam ?

Elle leva les yeux pour voir Maggie l'examiner avec inquiétude.

— Je pense que nous devons descendre. Tout de suite.

Maggie lui tira le bras vers le haut des escaliers et loin du fascinant jeune homme en smoking.

Avec un profond sentiment de regret, Pam tourna le dos au dieu noir qui la regardait avec des yeux affamés.

Soudain, le monde se mit à trembler et il se demanda à quel point il s'était perdu avant de comprendre qu'Erik l'attrapait par les bras et le regardait avec inquiétude.

— TJ ? Que se passe-t-il ? Maggie m'a appelé via notre lien mental et m'a dit de monter ici et de m'occuper de toi. Étais-tu sur le point de changer ?

Cela ramena TJ rapidement à lui.

— Non !

Merde, pas un autre doute sur sa capacité à tenir le coup ! Bien que quelque chose ait été sérieusement foutu... Il soupira.

— C'est juste...

Il ferma les yeux et renifla profondément. L'odeur d'Erik était la plus forte, suivie de celle de Maggie, mais les enveloppant tous les deux, il y avait un arôme alléchant et enivrant qui chatouillait sa libido et la faisait exploser.

— Erik, sommes-nous sûrs que Pam n'a pas de loup dans sa lignée ?

Erik se pencha en arrière et croisa les bras.

— Positif. Maggie a vécu avec elle pendant des années. Les deux Omégas l'ont rencontrée, et elle est purement humaine. Cent pour cent.

Son regard se rétrécit.

— Qu'est-ce que tu ne dis pas ?

TJ plissa le nez.

— Tu sais que tu as toujours dit que j'avais un sens aigu de l'odorat ?

— Le meilleur du lot.

Il renifla et secoua la tête.

— Alors vous serez ravi d'apprendre que mon super renifleur vient de me dire que la meilleure amie de Maggie, pleinement humaine et non éligible à cet honneur... est ma putain de compagne.

2

Il avait trouvé une nouvelle forme d'enfer. TJ arpentait lentement le bord extérieur du jardin, sa putain de compagne à son bras, et tout ce dont il parlait, c'était... de rien.

Il ne pouvait pas lui dire que ses genoux faiblissaient à l'idée de la retrouver. Impossible de dire à quel point elle était importante pour lui. Il se concentra pour garder les pieds sur Terre parce qu'il ne devait absolument pas trébucher et paraître con devant elle.

Erik lui avait fait jurer qu'il ne dirait rien prématurément. Jusqu'à ce que TJ parle à son frère, l'Alpha, bavarder avec sa compagne était interdit, et le meilleur, c'était qu'Erik avait en fait effectué un mouvement Beta et *ordonné* à TJ de se taire ! La fichue hiérarchie de la meute lui glaça la langue.

Déchiré entre le besoin urgent d'emmener Pam dans un endroit privé pour les lier ensemble pour le reste de leurs jours et le besoin violent d'obéir à un ordre direct – TJ était bel et bien foutu.

Il jeta un coup d'œil de côté pour l'admirer à nouveau. Quelques mèches sombres étaient tombées de la coiffure voir ce qu'elle veut. Juste au cas où elle aurait des états d'âme et voudrait que j'annule tout en son nom.

Elle cacha son amusement tandis que son sourire s'évanouissait.

— Tu ne penses pas qu'elle le ferait ? Mais...

Il avait fallu des années pour perfectionner la fausse expression inquiète qu'elle arborait tout en lui faisant un signe de tête sympathique.

— Je suis sûre que ça ira, mais je ferais mieux d'aller la calmer. Reste ici et essaie de ne pas t'inquiéter.

Elle lui tapota le bras et remonta en ricanant.

Maggie la rencontra en haut du palier. Pam essaya de cacher son sourire, mais elles étaient meilleures amies depuis trop longtemps.

— Qui tourmentes-tu ? Pam, tu as promis de ne pas effrayer les gens avec ton sens de l'humour bizarre.

Quelqu'un s'avança à côté de Maggie. Pam se tourna pour faire face au jeune homme et s'arrêta net.

Non, oh non.

Elle rougit à l'expression de ses yeux. La dernière fois qu'un mec l'avait regardée comme ça, ils étaient tous les deux nus, au milieu d'un échange sexuel houleux. Il la déshabilla du regard, et plutôt que de s'indigner, son propre intérêt grandit. Bien sûr, il était trop jeune pour elle, mais quand même...

Bon sang, il était *hot*. Peau foncée, cheveux noirs. Des yeux si noirs que les pupilles et les iris se fondaient ensemble. Ça devait être ça — ses pupilles — on aurait dit qu'il n'était qu'à un pas de la ravir.

— Pam, j'aimerais que tu rencontres TJ. C'est un bon ami et il travaille avec Erik comme guide en milieu sauvage. Il va être notre témoin.

TJ lui tendit la main, s'approchant, et elle se força à ne

l'équipage affolé s'éloigna comme s'il avait été abattu par un canon.

Pam regarda leur dos pendant leur retraite avec une méfiance croissante. Certainement pas. S'il les avait mis sur le coup...

— Je suppose que c'est la question, n'est-ce pas ?

Elle plissa les yeux.

— Je reçois le traitement royal. C'est ce que tu as fait ?

Erik leva les mains, paumes ouvertes.

— Crois-moi. Je n'ai pas envie que tu m'arraches un œil. S'ils traînent, c'est parce que tu es intéressante. Ne brise pas trop de cœurs, d'accord ? Je détesterais devoir écouter des chansons d'amour pourries pendant une soirée karaoké des mois après ton départ.

Pam rit.

— D'accord, tu es en sécurité. Je te crois.

Elle secoua la tête en lui jetant un coup d'œil de haut en bas.

— Qu'est-ce que vous mangez ici, les gars ? Y a-t-il une sorte de fontaine d'immensité, ou quelque chose comme ça ? J'ai compté au moins deux douzaines d'hommes de plus de six pieds de haut.

Il sourit.

— C'est seulement grâce à l'eau. Hé, Maggie dit qu'elle a besoin de toi une dernière fois, mais j'espérais d'abord te présenter mon témoin.

Il regarda autour de lui.

— Seulement, il semble avoir disparu.

Pam agita la main.

— Je le rencontrerai quand nous ferons la petite promenade dans la cour. Maggie a expliqué la procédure, et je suis d'accord avec la cérémonie. Je ferais mieux de courir et de blanc. Elle secoua la tête. Pensaient-ils qu'elle était un lapin de six semaines ? Elle ne buvait rien offert par des hommes étrangers, même ceux dignes de la faire baver.

— Tu es l'amie de Maggie, n'est-ce pas ?

— Veux-tu te promener quelques minutes ? Je peux te faire visiter la cour.

L'un d'eux offrit son coude et elle battit des cils en le prenant. Pourquoi pas ? Elle avait le temps avant que Maggie ne veuille la récupérer. Deux enfants coururent devant leurs jambes et Pam sourit en regardant le joyeux chaos remplir la cour décorée de façon festive.

— Belle foule pour le mariage. Est-ce que vous tous, les garçons, habitez par ici ?

Cela faisait un moment qu'elle n'avait pas eu une compagnie aussi savoureuse, sans parler d'autant de beaux mecs. En dépit de son manque d'attention, elle n'était pas sur le marché pour une relation alors qu'elle était dans le Nord. Non. Elle faisait le truc de « soutenir mon amie » avec Maggie, partait faire un peu de tourisme, puis c'était le retour à la civilisation tout du long. Et de beaux hommes comme ceux-ci – eh bien, une aventure d'un soir serait amusante, mais la demoiselle d'honneur qui sortait au bras d'un homme le jour d'un mariage était un cliché qu'elle voulait vraiment éviter.

Le fiancé de Maggie s'avança, dominant les autres hommes.

Pam gloussa. Elle lui botterait toujours les fesses s'il en avait besoin, peu importe sa taille. Personne ne jouait avec ses amies, et Maggie était sa plus vieille amie. *Meilleure Amie pour toujours,* et tout le reste.

— Ça va ? Les garçons te traitent bien ?

Erik jeta un coup d'œil autour de lui, l'air sévère, et

der, mais je ne suis pas enceinte. Je suis sincèrement et résolument amoureuse. Je sais que ça semble rapide, mais avec certaines... personnes, tu sais que c'est bien.

C'était possible. Peut-être. Pam l'avait rarement vu. Elle se détourna pour empêcher Maggie de lire son expression de trop près. Ce n'est pas parce qu'elle n'avait jamais vu un vrai « je t'aime pour toujours » que cela ne pouvait pas arriver, et le jour du mariage de quelqu'un n'était pas le moment de le faire savoir.

Elle soupira et essaya à nouveau de se distraire avec l'homme aux bonbons.

— Alors, quand toi et Erik partirez en lune de miel, est-ce que je pourrais goûter aux locaux ?

Le rire de Maggie chatouilla ses oreilles puis tout rentra dans l'ordre.

— Tu as un tel sens du flirt. Vas-y doucement, briseuse de cœur. Hé, j'ai besoin de quelques minutes seule. Pourquoi n'irais-tu pas explorer ? Reviens dans une vingtaine de minutes et je serai prête à y aller.

Pam l'embrassa sur la joue.

— Si tu en es sûre !

— Je suis une grande fille maintenant.

Elles se sourirent avec la familiarité d'amies de longue date avant que Pam ne descende. Elle jeta un coup d'œil dans la cuisine animée avant de se promener dans la cour.

— Hé, puis-je vous offrir un verre ?

— Vous avez faim ?

Soudainement entourée d'hommes de grande taille en costume formel, elle en eut l'eau à la bouche. Une autre voix s'éleva au-dessus des autres et elle sentit un léger contact sur son épaule.

— Voici pour vous.

Un sosie de Gérard Butler lui offrit un verre de vin

Soudain, le monde se mit à trembler et il se demanda à quel point il s'était perdu avant de comprendre qu'Erik l'attrapait par les bras et le regardait avec inquiétude.

— TJ ? Que se passe-t-il ? Maggie m'a appelé via notre lien mental et m'a dit de monter ici et de m'occuper de toi. Étais-tu sur le point de changer ?

Cela ramena TJ rapidement à lui.

— Non !

Merde, pas un autre doute sur sa capacité à tenir le coup ! Bien que quelque chose ait été sérieusement foutu... Il soupira.

— C'est juste...

Il ferma les yeux et renifla profondément. L'odeur d'Erik était la plus forte, suivie de celle de Maggie, mais les enveloppant tous les deux, il y avait un arôme alléchant et enivrant qui chatouillait sa libido et la faisait exploser.

— Erik, sommes-nous sûrs que Pam n'a pas de loup dans sa lignée ?

Erik se pencha en arrière et croisa les bras.

— Positif. Maggie a vécu avec elle pendant des années. Les deux Omégas l'ont rencontrée, et elle est purement humaine. Cent pour cent.

Son regard se rétrécit.

— Qu'est-ce que tu ne dis pas ?

TJ plissa le nez.

— Tu sais que tu as toujours dit que j'avais un sens aigu de l'odorat ?

— Le meilleur du lot.

Il renifla et secoua la tête.

— Alors vous serez ravi d'apprendre que mon super renifleur vient de me dire que la meilleure amie de Maggie, pleinement humaine et non éligible à cet honneur... est ma putain de compagne.

2

Il avait trouvé une nouvelle forme d'enfer. TJ arpentait lentement le bord extérieur du jardin, sa putain de compagne à son bras, et tout ce dont il parlait, c'était... de rien.

Il ne pouvait pas lui dire que ses genoux faiblissaient à l'idée de la retrouver. Impossible de dire à quel point elle était importante pour lui. Il se concentra pour garder les pieds sur Terre parce qu'il ne devait absolument pas trébucher et paraître con devant elle.

Erik lui avait fait jurer qu'il ne dirait rien prématurément. Jusqu'à ce que TJ parle à son frère, l'Alpha, bavarder avec sa compagne était interdit, et le meilleur, c'était qu'Erik avait en fait effectué un mouvement Beta et *ordonné* à TJ de se taire ! La fichue hiérarchie de la meute lui glaça la langue.

Déchiré entre le besoin urgent d'emmener Pam dans un endroit privé pour les lier ensemble pour le reste de leurs jours et le besoin violent d'obéir à un ordre direct – TJ était bel et bien foutu.

Il jeta un coup d'œil de côté pour l'admirer à nouveau. Quelques mèches sombres étaient tombées de la coiffure fantaisie qui encadrait son visage. Elle souriait à tout le monde, mais la tension dans son corps lui criait dessus, et tout ce qu'il voulait faire était d'alléger son fardeau.

— Ça va ?

Elle croisa son regard puis devint plus sombre.

— Combien de fois faisons-nous cela ?

— Faire la boucle ? Trois. Tu devrais ralentir un peu pour ne pas marcher sur les talons d'Erik et de Maggie.

Il rentra son coude pour que ses doigts touchent ses côtes. Certes, il y avait quelques couches de vêtements entre eux, mais c'était mieux que rien.

Cela le rendait fou. Il sentit sa peau, le parfum naturel de son corps.

Son excitation.

Son cœur battait la chamade et il s'efforçait de garder son visage neutre et de ne pas haleter comme un chien. Comment tout le monde autour n'avait-il pas remarqué qu'ils étaient tous les deux sous les effluves de parfums d'accouplement ?

Une autre profonde inspiration le fit saliver et sa queue se secoua. On ne pouvait pas le nier. C'était presque impossible, mais c'était arrivé. Sa seule et unique compagne pour toujours était une humaine.

Il était d'accord avec ça. C'était bizarre et insensé, mais comme ils étaient partenaires, il y avait une raison à cela, et ils la découvriraient. D'abord, il semblait qu'il allait devoir non seulement la convaincre qu'ils allaient ensemble, mais aussi toute sa meute.

À commencer par le grand frère, Keil, et sa compagne Robyn. Les Alphas de la meute de Granite Lake étaient assis au premier rang avec leur petite fille tranquillement perchée sur les genoux de Keil.

Robyn fronça les sourcils vers TJ, utilisant la langue des

signes pour demander discrètement ce qui n'allait pas. Il secoua rapidement la tête. Cela n'allait pas être une explication facile.

Pam frotta inconsciemment ses doigts de haut en bas sur son bras. Le léger mouvement le nargua, le rendit fou.

Il tendit la main et posa son autre main sur la sienne.

— Non.

Elle se raidit en réponse et essaya de s'éloigner.

La douleur le traversa d'avoir sa compagne incertaine et un peu effrayée, et soudain il se ficha complètement de ce que son Bêta lui avait dit. Sa langue se délia, la restriction qui le liait fut levée. Il allait prendre soin d'elle, lui faire savoir que tout irait bien. S'il lui arrivait de mentionner qu'il la voulait à un moment de la conversation... qu'il en soit ainsi.

Il pencha sa tête plus près, respirant autant de son parfum que possible.

— C'est bon. Tu me chatouillais. J'aime que tu me tiennes, mais le frottement était distrayant.

Elle resta silencieuse un moment puis ajusta sa prise.

— Je suis désolée. Je ne voulais pas.

TJ rit doucement.

— Tu es distrayante, peu importe ce que tu fais.

Il lui sourit et lui fit un clin d'œil.

— J'aime plutôt ça.

Elle fronça les sourcils.

— Comme quoi ?

— Être distrait par toi.

Elle secoua la tête alors qu'ils prenaient le virage au fond de la cour et retournaient à la position de départ pour le deuxième tour.

— Quel âge as-tu ?

Il s'arrêta.

— Pourquoi ?

En dépit de lécher ses lèvres et d'envoyer une bouffée de désir à travers son cœur, l'expression dans ses yeux était amicale, pas enjôleuse.

— Je ne vole pas les berceaux.

Bon sang.

— Je me comporte en toute légalité dans tous les états et provinces.

— Tu es un bébé. Mignon, mais un bébé.

— C'est pour ça que tu voulais ramper dans le lit avec moi quand on s'est rencontrés en haut des escaliers ?

Elle trébucha et il la rattrapa rapidement.

— Merde. Désolé, ce n'était pas très poli. C'est vrai, mais pas très poli.

— Je n'ai pas voulu...

— Attention. Maggie m'a dit que tu étais la personne la plus honnête et la plus digne de confiance qu'elle ait jamais rencontrée. Je déteste ruiner ta réputation.

Elle grogna et il sourit. Fille fougueuse. Il aimait ça chez une femme.

— OK. Tu es un beau mec et oui, j'ai imaginé emmêler les draps avec toi. *Alléluia !* Mais tu es trop jeune. Je suis ici pour le mariage et c'est tout.

TJ essaya d'empêcher l'image d'eux nus dans leur lit de le distraire alors qu'ils marchaient en silence. Malheureusement, il avait une bonne imagination.

Il pouvait faire fi du fait d'être trop jeune. Le fait qu'elle était têtue ? Oh, il aimait les défis.

— Arrête ça, murmura-t-elle.

Sa voix était profonde et rauque, glissant comme une caresse sur ses nerfs déjà super sensibles.

— Arrête quoi ?

Elle agita sa main sur son bras.

— Cette… Tu… me frottes.

Oups. Il immobilisa son pouce. Il semblait qu'aucun d'eux ne pouvait résister à l'envie de se toucher, ce qui n'avait de sens qu'en tant que compagnons.

Une légère rougeur couvrit sa peau douce du décolleté de sa robe jusqu'à la racine de ses cheveux, et il dut détourner le regard avant de faire quelque chose de trop loup comme la laisser tomber au sol et la lécher jusqu'à ce qu'elle hurle de plaisir.

— Que se passe-t-il après la cérémonie ? demanda Pam. J'ai oublié de vérifier avec Maggie pour voir s'il y avait quelque chose que je devais faire.

Je te ramène à la maison et te fais l'amour toute la nuit.

— Nous entrons, apprécions le dîner, puis je chante avant que la danse ne commence.

— Tu chantes ?

Il y avait une trace de quelque chose dans sa voix. Doute ?

— Je chante. Es-tu surprise… ?

— Pas du tout, mentit-elle.

TJ renifla. C'était une tromperie qu'il reconnaissait facilement. Après trop d'années à s'attendre à ce qu'il gâche les choses, il savait exactement ce que quelqu'un voulait dire quand il parlait sur ce ton de voix particulier.

— Tu veux te joindre à moi pour quelques chansons ? taquina-t-il.

Elle s'étouffa une seconde.

— Crois-moi, ce serait une mauvaise idée. En fait, pour un cadeau de mariage, j'envisage de jurer à Maggie de ne plus jamais essayer de chanter en sa présence.

— C'est mauvais, hein ?

— Disons que je peux sortir des notes qu'ils n'ont pas encore inventées.

Il gloussa et elle se joignit à lui pour rire, et soudain le mur qu'elle avait mis entre eux s'effondra un peu.

Ils suivirent Maggie et Erik sur le dernier cercle de la cour.

— Donc, si tu ne chantes pas, tu danseras avec moi ?

Il pourrait sûrement garder ses pieds sous lui assez longtemps pour danser sans se ridiculiser. Ou tous les deux.

La prise qu'elle avait sur son bras se resserra légèrement.

— Je vais y penser. On dirait qu'il y a beaucoup de célibataires parmi lesquels choisir.

Ne grogne pas. Ne grogne pas.

Il lui fallut toute sa force pour lutter contre l'envie immédiate de la revendiquer devant toute la maudite meute. Comme si elle allait danser avec quelqu'un d'autre que lui !

— J'ai la première danse, tu sais, la fête de mariage et tout ça.

— Cela pourrait être... sympa.

Sympa ? Putain d'enfer.

Il ignora les regards interrogateurs que son grand frère lança dans sa direction.

D'accord, peut-être que Pam ne connaissait pas les loups-garous, et peut-être qu'il avait beaucoup de mal à comprendre comment il allait résoudre ce gâchis, mais une chose qu'il savait sans aucun doute, c'était...

Qu'elle allait être sienne. Corps et âme.

TJ la contourna, la positionnant à la droite de Maggie. Pam frissonna alors qu'il se penchait plus près et effleura de ses lèvres la peau près de son oreille.

— Je te garantis que ce sera mémorable.

Pam se tenait sur le côté, ses doigts serrant si fort l'arrangement floral que Maggie lui avait passé qu'elle entendit des tiges de fleurs craquer.

En face d'elle, TJ soutenait son regard avec le sien et putain, il aurait pu distraire un saint. Elle entendit à peine Erik et Maggie échanger leurs vœux, trop absorbée qu'elle était par l'admiration de sa beauté impeccable. Se perdre dans ses yeux noirs envoûtants. Elle voulait interrompre la cérémonie pour exiger qu'il regarde ailleurs, mais en même temps, elle ne pouvait s'empêcher d'être flattée.

Peut-être qu'une courte aventure ne serait pas une si mauvaise idée, après tout.

L'ensemble du service passa dans le flou alors qu'ils croisaient leur regard. À l'intérieur, une flamme brûlait, le désir enflammait ses entrailles et faisait battre son cœur. Il devait y avoir quelque chose dans l'air du nord qui la faisait réagir comme une idiote folle de sexe.

Une toux discrète la ramena à ses sens, et elle se dépêcha de rejoindre Maggie et Erik alors qu'ils avançaient dans l'allée entre les chaises, se dirigeant vers le hall.

La main chaude de TJ glissa autour de sa taille et elle eut la chair de poule. Il ignora sa tentative agitée de le déloger, à la place, la serrant contre lui et baissant la tête jusqu'à ce que ses lèvres s'approchent au-dessus de son oreille. Elle s'attendait à ce qu'il murmure quelque chose de brut, quelque chose en rapport avec la chaleur de la passion qu'il lui lançait depuis des dizaines de minutes.

L'anticipation la tuait, et elle jura que sa culotte était mouillée rien qu'en pensant à lui disant quelque chose de sexy.

— Poulet ?

Pas sexy.

— Quoi ?

— Ou du poisson ? Que veux-tu pour le dîner ?

Elle éclata de rire et se détendit contre lui.

— Tu es un marrant.

TJ soupira bruyamment.

— C'est ce qu'on m'a dit.

Pendant l'heure qui suivit, il se mit à l'enchanter, anticipant tous ses besoins. Ils s'assirent à côté des mariés, et tout au long du repas, il la toucha constamment.

— Tu traites tous vos visiteurs comme ça ? demanda-t-elle.

Son sang battait si fort qu'elle aurait pu venir de terminer un marathon.

TJ rajouta du vin dans son verre en secouant la tête.

— Tu es la première femme que j'aie jamais traitée de cette façon.

Il posa son bras sur le dossier de sa chaise et ses mamelons se dressèrent.

Est-ce que quelqu'un remarquerait si elle rampait sur ses genoux et lui suçait le visage pendant un moment ?

Quelqu'un au bout du couloir fit tinter son verre de vin, et toute la salle se joignit à eux. Maggie et Erik se levèrent avec bonhomie et lorsqu'il l'embrassa passionnément, la foule cria son approbation. L'ensemble de l'événement était exactement le genre de célébration que Pam espérait que sa meilleure amie vivrait.

TJ pressa son épaule et se dirigea vers l'avant. Il attrapa une guitare acoustique quelque part et se laissa tomber sur un tabouret.

Un murmure s'éleva de la foule et TJ sourit timidement.

— Oui, c'est une nouvelle guitare, mais cette fois, ce n'est pas ma faute. Un certain petit garçon que je gardais pensait que l'ancienne ferait un bateau de dandy.

Un rire doux traversa l'air alors que TJ accordait l'instrument, ses doigts bougeant doucement. Il se tourna pour s'adresser à Erik et Maggie.

— Je sais que vous avez demandé vos musiques favorites, mais si vous voulez bien me faire plaisir, j'ai une chanson que j'ai écrite il y a quelque temps. Je l'ai gardée pour un moment spécial, et je pense qu'aujourd'hui est à peu près aussi spécial que possible. Cela s'appelle « L'amour éternel ».

Il gratta quelques accords avant de se glisser dans une mélodie simple, ses doigts choisissant des notes individuelles. Leurs regards se rencontrèrent et il chanta pour elle.

La gorge de Pam se serra. Elle remua, mal à l'aise sur sa chaise en écoutant les paroles. Tout cela était si aérien, féerique et impossible et pourtant – quelque chose au fond d'elle souhaitait qu'il soit possible qu'un amour comme celui qu'il chantait soit sur le point d'être réel.

Un amour qui dure pour toujours ? Frais chaque matin ? *Connerie.*

Pensées assez tristes pour se divertir lors d'un mariage.

Elle détourna son regard de TJ jusqu'à l'endroit où Maggie et Erik étaient assis, à se regarder dans les yeux. Pour ce que ça valait, elle leur souhaitait le meilleur. Maggie méritait d'être heureuse, et elle espérait qu'Erik soit le gars qui lui permette d'y parvenir.

Eh bien, il ferait bien mieux ou elle lui arracherait un œil pour avoir blessé sa meilleure amie.

Pam soupira et s'appuya contre le dossier de sa chaise. Elle ferma les yeux et laissa la musique tourbillonner autour d'elle. La voix douce de TJ la toucha à des endroits auxquels elle ne voulait pas penser. Des endroits dont elle avait fermé la porte, et elle n'avait jamais été du genre à s'attarder sur le passé.

Non, s'en remettre et continuer, c'était sa devise. La vie

consistait à vivre au maximum, à profiter de chaque expérience autant que possible. Un jour à la fois.

Elle se redressa et fit résolument face au chanteur qui lui tordait le ventre à chaque nouvelle note qu'il chantait. Les doigts de TJ caressaient les cordes, et elle l'imaginait la touchant avec la même intensité, la même attention aux détails, et le pouls entre ses jambes reprenait à la vitesse supérieure.

Holy Toledo s'excitait en regardant le gars jouer de sa guitare.

Qu'est-ce qu'elle avait bu ? Il se passait quelque chose, la façon dont elle était attirée par TJ, la façon dont sa voix lui chatouillait les oreilles et lui faisait brûler la peau. L'envie d'aller faire une petite culbute pendant qu'elle était ici augmenta. Maggie ne s'en soucierait pas.

De plus, ce n'était pas comme si elle partait le matin. Son voyage d'aventure devait commencer dans quelques jours. Quelques nuits d'excitation pourraient être ce dont elle avait besoin pour faire de ces vacances des moments inoubliables.

Il chanta les notes finales et laissa le temps s'arrêter.

Le reste des invités applaudit et siffla en guise d'appréciation. TJ rompit finalement le contact visuel avec elle et sourit à la foule, avant de faire signe à quelques autres de le rejoindre. Ils ramassèrent des instruments et le groupe s'embrasa sur une mélodie entraînante. Les chaises et les tables furent traînées de côté, et la salle devint une ruche de bruit animée alors que tout le monde entrait pour se réorganiser et faire de la place pour la danse.

Pam déplaça quelques chaises avant de comprendre qu'elle était plutôt un obstacle qu'une aide. Elle se glissa sur le côté et regarda avec fascination la pièce se transformer sous ses yeux.

Sur scène, TJ et un autre guitariste grattaient quelque chose sur un rythme hard rock, et le rythme battait à l'unisson de son cœur. Ses cheveux noirs brillaient à la lumière tandis qu'il se balançait, et elle se demanda s'ils étaient fins ou épais.

— Est-ce que tu as aimé ça ? demanda Maggie.

Pam sursauta un peu, puis laissa échapper le souffle qu'elle retenait.

— Hé. Une cérémonie fabuleuse, et le repas était délicieux.

Son amie hocha la tête en signe d'accord.

— C'était bien, mais je parlais du chant. Je ne m'attendais pas à ce que TJ partage une chanson qu'il avait lui-même écrite. C'était beau.

— Il a une super voix, admit Pam.

Maggie lui sourit et Pam jeta un coup d'œil par-dessus son épaule pour voir Erik en retrait.

— Vous partez bientôt ?

Son amie hocha la tête.

— Je voulais m'assurer que tout était OK avec toi. Nous serons de retour demain après-midi et nous aurons encore du temps pour visiter avant que tu ne partes en excursion et que nous partions pour notre lune de miel.

Elle plissa le nez.

— Tu es d'accord pour qu'on te quitte ? Parce que je pourrais...

Pam posa une main sur la bouche de son amie pendant une seconde.

— Oh non, ma belle. Tu n'étais pas sur le point de suggérer que tu resterais dans le coin pendant ta nuit de noces pour me garder, n'est-ce pas ?

— Sûrement pas.

Maggie sourit.

— J'allais te dire que si tu le voulais, tu pouvais rentrer tôt et te cacher. J'ai toutes tes vidéos préférées, et il y a du pop-corn micro-ondable dans le placard.

Pam regarda délibérément autour d'elle les hommes élégamment habillés avant de se tourner pour sourire à Maggie.

— Tu penses que je préfère aller regarder *Sérénité* pour la millionième fois alors que tu m'as préparé ce genre de buffet ?

— Ils sont plutôt savoureux, n'est-ce pas ?

Maggie se retourna, et elles scrutèrent toutes les deux la pièce.

C'était un peu ennuyeux que le premier endroit où son regard se soit dirigé soit vers l'endroit où se tenait TJ. *Zut.*

Pam ignora l'intérêt flagrant qui tournait en boucle dans son cerveau et sourit.

— Oh ouais, et il y en a un en particulier qui m'a fait baver tout l'après-midi.

— Vraiment ?

Maggie se pencha plus près et murmura :

— Qui ?

— Celui-là.

Pam pointa Erik du doigt, riant aux éclats quand Maggie lui donna un coup de coude.

— Bas les pattes, ma mignonne, obtiens ton propre comparse.

La musique recommença, un rythme lent cette fois, et Maggie attira Pam dans ses bras.

— C'est l'heure de la première danse, puis Erik et moi allons partir en douce. Je te verrai au dîner demain, d'accord ?

Pam l'embrassa rapidement sur la joue.

— Ne t'inquiète pas pour moi. Ce n'est pas comme si tu me jetais aux chiens.

Maggie renifla bruyamment.

— Au moins, tu sais comment les gérer.

— Crois-moi, je peux gérer la variété à deux pattes aussi bien que je gère la variété à quatre. Maintenant, continue, ta grosse brute attend, et même si je pense toujours que je pourrais l'abattre, je vais être gentille et ne pas lui faire de mal avant que tu puisses profiter de ce soir.

Erik lui tendit la main. Maggie le rejoignit en riant et les deux filèrent sur la piste de danse.

Pam laissa échapper un long et lent soupir. Il était clair qu'ils étaient très amoureux. Peut-être que ça marcherait. Les lumières de la salle s'éteignirent et une boule disco s'alluma. Pam retint un ricanement alors que des étincelles dansèrent sur les murs et la seule paire sous les projecteurs.

Quelqu'un s'avança derrière elle, la chaleur de son corps solide irradia son dos alors qu'il enroulait ses mains autour de sa taille et les emboîtait doucement l'une contre l'autre.

TJ.

Bâtard arrogant, vraiment. Elle hésita à claquer un talon sur son cou-de-pied, ou à le retourner sur son épaule, juste pour lui donner une leçon, mais regarder Maggie et Erik flotter sur le sol l'avait trop adoucie.

— Tu devrais être prudent. En mettant la main sur une fille comme ça, tu pourrais perdre quelque chose d'important, avertit-elle.

Il ignora la menace et posa son menton sur son épaule. La chaleur qui irradiait entre eux la tentait.

— Ils vont super bien ensemble, n'est-ce pas ?

Son haleine effleura sa joue, chaude et douce. Elle avait l'eau à la bouche, mais elle ne voulait pas parler de romance avec lui.

— Ils ont l'air... déséquilibrés. À quoi pensait Maggie en s'engageant avec quelqu'un de plus grand qu'elle ?

Il fredonna.

— Ils pensaient probablement que quand c'est bon, c'est que vous avez trouvé celui que vous voulez.

Oh, Seigneur... ses pouces caressèrent sa taille, et il se blottit sous son oreille. Est-ce qu'elle voulait ça ? La chaleur l'emporta. Il fallait qu'elle se décide, et vite. Elle pouvait l'emmener sur la piste de danse et profiter de son contact en public, ou ils pouvaient trouver un coin sombre et voir ce qui se passait d'autre.

Il la tira en arrière et son corps prit le pas sur son esprit. Ils se glissèrent dans l'ombre sur le côté du couloir, à l'abri derrière une cloison.

Il la pressa contre lui, son corps solide très, *très* chaud. Son rythme cardiaque s'accéléra, tout comme la sensation de picotement entre ses cuisses, et elle serra ses jambes l'une contre l'autre pour calmer la douleur.

Oh là, là, ses yeux étaient si incroyables qu'elle aurait juré qu'il utilisait une sorte d'hypnose. Se détourner était impossible alors qu'il la fixa en caressant ses cheveux, son visage, un doigt esquissant ses lèvres avant de baisser lentement la tête et de rapprocher leurs bouches.

Il passa ses lèvres sur les siennes comme une douce brise, ses doigts tirant ses cheveux pour rediriger sa tête jusqu'à ce que leurs bouches se mêlent. Des coups hésitants de sa langue passèrent entre ses dents. La taquinant, lui donnant à peine un avant-goût de lui avant qu'il ne s'écarte et ne laisse tomber son front contre le sien.

— Putain de merde, tu as bon goût, haleta-t-il. Incroyablement fabuleux. Je n'aurais jamais imaginé qu'une femme puisse goûter comme toi. Ou me faire ressentir ce que tu me fais ressentir.

Au diable les douces paroles. Elle n'en avait pas eu assez de ses baisers. Elle essaya de reprendre possession de ses lèvres. Elle se cambra en arrière dans une tentative de presser leurs corps l'un contre l'autre et de lui faire sentir ses muscles, son désir pour elle.

Il gémit doucement.

— Tu me tues. On ne devrait pas...

Elle mit ses cuisses de chaque côté de sa jambe et colla son entrejambe douloureux à sa cuisse. Un bref halètement lui échappa alors que l'impact faisait vibrer son clitoris.

— Putain.

TJ attrapa ses fesses et la tira fortement contre lui, luttant contre elle alors qu'il l'embrassait démesurément. Il aspira l'air de ses poumons, enroula leurs langues ensemble. Un toucher presque désespéré, insensé, en demande. Il exigea sa réponse, et elle la donna avec empressement. Le plaisir de son sexe montait comme une fusée explosant dans l'espace.

Ses mains étaient partout. Effleurant son torse, touchant ses seins. Serrant ses hanches et la broyant durement contre sa cuisse. L'excitation la submergea, le battement rapide de son pouls l'étourdissant jusqu'à être à bout de souffle.

Il lécha un sillon le long de son cou, mordilla sa clavicule et un courant lui frappa le cœur.

— Je te veux, Pam, grogna-t-il contre sa peau. Tu vas être à moi.

Ohhhh, ce commentaire activa quelques mauvais boutons, mais ici, maintenant ? Elle n'était pas en état de discuter sa déclaration macho-sexiste tant qu'il continuait à faire ce qu'il faisait.

Perdue au-delà de toute raison, elle était au bord de l'orgasme et s'il s'arrêtait, elle le tuerait. Pam prit sa tête dans ses mains et attira sa bouche vers la sienne alors qu'elle se penchait en arrière et essayait de trouver la touche finale dont elle avait besoin pour passer le cap.

La barrière dans son dos vacilla pendant une seconde, puis s'inclina vers le nord. Tout leur poids alla avec le mur alors qu'elle basculait, s'écrasant au sol avec eux au-dessus. Elle étouffa des jurons alors que les flammes du désir qui se construisaient entre eux s'évaporèrent dans l'air.

La respiration haletante de TJ résonnait dans son oreille alors qu'ils dénouaient leurs membres emmêlés. Les maudites lumières disco scintillaient au-dessus d'eux, montrant leur situation indigne. Les fêtards se rassemblèrent avec inquiétude et offrirent un coup de main. Pam se remit debout, mais tout ce à quoi elle pouvait penser était le besoin douloureux dans son cœur et le goût sucré de lui persistant dans sa bouche.

3

Keil se pinça l'arête du nez. TJ tenta de rester au même endroit et de ne pas bouger comme un écolier goguenard traîné devant le directeur.

— C'est ta compagne.

— Va te faire foutre, Keil, je te l'ai dit une douzaine de fois. Si tout ce que vous allez faire est de répéter « c'est ta compagne » sur un ton de voix suggérant que je suis plus qu'un peu en état de mort cérébrale, nous n'irons nulle part avec cette conversation ?

Robyn rit.

— Ce n'est pas drôle, se plaignit Keil.

Robyn lui tira le bras et prit le visage de son compagnon dans ses mains, le regardant dans les yeux.

TJ regarda son frère et sa belle-sœur discuter de lui. Il savait qu'ils le faisaient, ce truc de conversation que les partenaires entretenaient.

Il soupira. Eh bien, la plupart des partenaires. Il doutait que Pam et lui en soient capables, puisqu'elle n'était pas une louve. Pourtant, il n'allait pas jouer avec le destin.

C'était très certainement celle-là. Embrasser la femme avait été mieux que n'importe quelle expérience sexuelle qu'il avait eue auparavant dans sa vie. Il approchait rapidement du point où il se serait embarrassé et aurait joui dans son pantalon. Puis il avait réussi, encore une fois, à gâcher les choses.

Alors maintenant, il attendait d'être discipliné comme un chiot désobéissant par sa paire Alpha.

Ce qu'il voulait faire, c'était trouver un moyen de retrouver Pam et de terminer ce qu'ils avaient commencé. Si jamais elle lui adressait la parole après avoir été sauvée de l'enchevêtrement dans lequel ils s'étaient retrouvés par terre. Heureusement, les lumières étaient suffisamment faibles pour que tout le monde pense que ce n'était rien de plus que sa maladresse habituelle, et non pas eux deux qui s'amusaient, causant ainsi l'accident.

Robyn lui sourit et utilisa la langue des signes américaine pour lui parler. Elle signa lentement – il avait beaucoup appris, mais ne parlait toujours pas couramment.

— Si Pam est ta compagne, comment vas-tu gérer ça ?

TJ hésita.

— Tu veux dire, est-ce que je vais lui dire que je suis un loup ?

Robyn hocha la tête.

Mince, il n'y avait pas pensé. Il tapota plusieurs fois le bout de ses doigts contre son front, puis jeta sa main vers la droite, terminant avec sa paume tendue et les cinq doigts levés.

Robyn poussa un long et lent souffle.

— Tu ne sais pas. Donc, si nous te suggérons de procéder lentement jusqu'à ce que tu aies une idée, cela aurait-il un sens ?

Merde.

— Pourquoi devez-vous être si logique ? se plaignit-il.

— Préfères-tu que nous t'ordonnions de rester loin d'elle jusqu'à ce qu'elle quitte l'Alaska ? demanda son frère.

Keil vint et se tint à côté de Robyn, formant un duo de choc.

— C'est ma compagne. Vous ne seriez pas si cruels. *Le seraient-ils ?*

— Nous n'essayons pas de te faire du mal, mais nous devons trouver la meilleure option pour l'ensemble de la meute. Si c'est ta compagne, et je ne le nie pas, ça va rendre les choses sacrément gênantes ici.

Keil croisa les bras et s'adossa à la table.

— Nous avons enfin réussi à faire en sorte que la meute ne se plaigne plus autant des problèmes de sang pur et de sang-mêlé, et maintenant ça ?

De frustration, TJ passa une main dans ses cheveux.

— Je ne l'ai pas fait exprès.

— Non, mais c'est potentiellement assez risqué d'avoir un humain à part entière dans le mélange.

— Je ne l'abandonne pas.

Robyn secoua la tête. Elle poussa Keil jusqu'à ce qu'il éloigne sa masse avec un soupir.

— Bien, tu lui parles. Je retourne à la fête pour m'assurer qu'aucun membre de la meute ne fasse trop de conneries.

Keil embrassa Robyn avant de partir — un baiser doux et tendre — et la gorge de TJ se serra parce qu'il ressentait à la fois le bonheur et l'envie.

Il avait toujours voulu avoir une compagne. Avoir quelqu'un de qui s'occuper et profiter de sa compagnie, comme il en avait été témoin entre son frère aîné et sa femme. C'était désormais à sa portée.

Robyn s'installa sur le canapé. Elle l'examina attentivement et TJ eut la chair de poule.

— Si tu prévois d'utiliser tes super pouvoirs d'obéissance alpha sur moi, je veux dire d'emblée, ce serait totalement nul.

Elle rit en levant les mains pour lui faire signe.

— Keil essaie tellement d'être juste envers la meute qu'il oublie d'être juste envers toi. Pas de merde Alpha, juste une question.

Il s'assit en face d'elle. Au cours des deux dernières années et demie depuis que Robyn avait rejoint la meute, elle avait parcouru un long chemin alors qu'elle n'avait aucune notion préalable sur les loups-garous. Être sourde ne l'empêchait pas d'être l'un des leaders les plus puissants et les plus créatifs qu'il ait jamais connus. Peut-être qu'elle avait une idée de la façon dont il devrait gérer le désordre.

— Une question ?

— Tu ne sais pas si elle te veut...

Eh bien, si le petit épisode dans le hall signifiait quelque chose.

— ... pour autre chose qu'une aventure.

Robyn le regarda avec attention.

Mince.

— Elle est ma...

— Compagne. Je sais, mais elle n'est pas un loup. Tu la veux, et tu la voudras toujours, mais je ne pense pas que ça fonctionne de la même façon avec les humains, n'est-ce pas ?

TJ haussa les épaules.

— Je n'y ai jamais pensé. Je sais qu'il y a des loups et des humains qui sont mariés, mais la plupart d'entre eux sont des loups parias, qui vivent sans meute...

Son estomac se noua. S'il prenait Pam comme compagne, s'attendraient-ils à ce qu'il parte ?

Granite Lake avait toujours été sa maison, et même si sa compagne était d'une importance vitale, il ne voulait pas abandonner sa meute. Sa famille.

Il laissa tomber sa tête entre ses mains. Tout à coup, ce qui aurait dû être le jour le plus fabuleux de sa vie devint gris et froid.

Robyn toucha doucement son épaule pour attirer son attention.

— Nous ne t'expulserons jamais. Si Pam est ta compagne, elle fait aussi partie de notre famille, quoi qu'il arrive.

Elle le fixa pendant un petit moment, et un tic nerveux agita sa cuisse. Il secoua ses jambes pour essayer de cacher sa réaction. C'était beaucoup plus compliqué qu'il ne s'y attendait.

À l'intérieur, son loup s'ébrouait. Il ne comprenait pas pourquoi ils étaient assis ici au lieu de flairer la femelle à l'odeur délicieuse qui leur appartenait.

— Il faut lui laisser du temps. Si elle t'accepte en tant qu'humain, tu auras plus de chances qu'elle t'accepte en tant que loup. Tu ne peux pas partir à moitié armé sur celui-ci, TJ. Prends le temps, fais-le bien et fais-le durer.

TJ renifla pour reprendre contenance.

— Comment ?

— Elle est inscrite pour la prochaine expédition avec la compagnie d'excursions en pleine nature de Keil. Tu accompagnes en tant que guide. Donne-lui une chance d'apprendre à te connaître un peu mieux dans un cadre dans lequel tu es à l'aise. Vois ce qui se passe, s'il y a plus qu'une simple attirance physique. Cependant, tu dois contrôler ton loup.

Lui et Keil se préparaient déjà pour le prochain voyage dans la nature. Il y avait un groupe de dix inscrits, dont Pam.

Même s'il appréciait que Robyn ait raison, devoir courtiser sa compagne parmi un grand groupe de personnes était stupide. Il y avait peut-être de la sécurité dans les chiffres et tout, mais il ne voulait pas de chiffres. Un plus un serait bien assez.

Une idée gronda au fond de son esprit, et il essaya très fort de ne rien laisser paraître sur son visage. Une excursion ? Un peu de temps seul ?

Oh, oui.

Des claquements de mains bruyants le tirèrent de sa rêverie. Robyn baissa les mains et lui lança un regard noir.

Il bondit sur ses pieds.

— Bien sûr, ça sonne bien. Une idée géniale, tu sais, prendre du temps pour apprendre à la connaître. Tu es un génie. Magnifique, et un génie. Qu'est-ce que Keil ferait sans toi ? *Babillage.*

À quelle vitesse pouvait-il sortir de la pièce avant qu'elle ne se rende compte que quelque chose n'allait pas ?

Il lui montra les deux pouces et esquiva un repose-pied, visant la porte d'entrée.

— Eh bien, je dois courir. Beaucoup de choses à faire dans les prochains jours. Je dois dormir beaucoup, garder la tête froide et garder le contrôle, n'est-ce pas ?

Il se baissa avant qu'elle ne puisse dire quoi que ce soit comme « Qu'est-ce que tu prévois et je t'interdis même de penser à en tirer un rapide. » Parce que ce qu'il avait en tête était définitivement sur la liste des non approuvés.

C'était de sa compagne qu'ils parlaient. Comme si Keil avait attendu plus d'une journée pour réclamer Robyn.

TJ retourna vers le hall, cinq minutes de marche rapide sur la route de gravier depuis la maison de son Alpha. La musique de la fête traversa l'air, et il se dépêcha. L'idée de trouver Pam en train de danser avec n'importe lequel des autres mecs lui fit se dresser les cheveux à l'arrière de sa nuque. Oh non, attendre était hors de question.

Il sortit son téléphone portable et passa le premier appel.

— Hé, Jared ? Enlève ton cul de la piste de danse pendant cinq minutes. J'ai besoin de te parler.

PAM SE JETA sur le canapé du salon de Maggie et gémit de frustration. Au loin, elle entendait encore de la musique, mais elle avait perdu tout intérêt après avoir été jetée au sol comme une vulgaire chaussette.

Elle se brossa, reconnaissante du faible éclairage : personne ne verrait à quel point ses joues étaient rouges. Pourtant, des accidents se produisent et elle fut plus qu'heureuse de se diriger vers la piste de danse lorsque l'homme du moment disparut.

Super. Tant pis pour toujours – le gars n'avait même pas pu rester assez longtemps pour finir de lui donner un orgasme.

Elle alluma le téléviseur et zappa les chaînes avec indifférence.

Maggie était partie avec son véritable amour, le sexant partout où se trouvait leur suite nuptiale. Pam avait toute la maison, et tout ce à quoi elle pouvait penser, c'était à quel point elle allait se sentir seule dans son lit ce soir.

Elle était pitoyable.

La porte de la cuisine grinça et elle s'assit pour la fixer.

Elle n'avait entendu personne entrer, mais avec tout le plaisir qu'elle avait pris à regarder *The Price is Right*, il aurait pu y avoir une douzaine de personnes dans la pièce voisine.

— Bonjour... ?

La porte bougea à nouveau, et cette fois un museau gris argenté apparut, passant à travers la fente.

Pam fronça les sourcils. Elle ne savait pas que Maggie et Erik avaient un chien. Elle s'agenouilla sur le coussin du siège et regarda plus attentivement. L'animal fit quelques reniflements prudents, les narines dilatées.

— Hé, qu'est-ce que tu fais ?

Tous les signes étaient là pour qu'elle puisse les lire – comportement classique non agressif, curiosité. Pam sourit.

— Allez, n'aie pas peur.

Même si la bête ne se comportait pas de manière hostile, une fois que toute sa tête franchit la porte, Pam jura.

— Putain de merde, personne ne m'a dit qu'ils gardaient des loups comme animaux de compagnie ici. Bon… Reste.

La créature gris argenté entra dans la pièce, s'assit docilement. Pam exhala une lente bouffée d'air. Dieu merci, cet animal était bien dressé.

Elle fit prudemment le tour du canapé pour examiner le loup.

Il sembla regarder en arrière tout aussi intensément, haletant doucement, sa langue pendant d'un côté.

Elle tendit la main et se laissa renifler.

— Alors, j'ai un compagnon pour ce soir. Tu en as marre de danser aussi ? Tu vas traîner avec moi pour une soirée entre filles ?

La louve renifla. Pam toucha doucement le museau de l'animal, brossant la fourrure grossière, frottant ses oreilles.

— Voilà. C'est bon. Je ne vais pas te faire de mal.

Quelle belle créature. Elle ne savait pas quelle autre lignée avait été croisée avec le loup, mais le mélange était époustouflant. Sa fourrure était douce, plus douce que celle des bergers allemands avec lesquels elle avait l'habitude de travailler.

Pam examina la bête comme elle le ferait avec n'importe lequel de ses partenaires. Celui qui possédait cet animal en prenait grand soin.

Elle passa une main le long de son ventre, et rit quand il recula brusquement.

— Oups, pas une fille. Désolée pour ça. Néanmoins, je serais heureuse que tu restes dans les parages si tu n'as pas de grands projets pour la nuit.

Elle se leva et le loup marcha à côté de ses talons. Très bien éduqué, et pour être honnête, juste le genre de compagnie dont elle avait besoin après l'étrange fin de sa soirée.

Pam se recroquevilla dans le coin du canapé. Le loup posa son menton sur son genou et la fixa avec une expression presque amoureuse. Elle lui frotta à nouveau la tête. L'affection d'un animal était honnête et simple. Vous pouviez leur faire confiance pour agir selon les schémas normaux.

Son partenaire lui manquait, mais il était temps de le laisser prendre sa retraite.

— Tu préfères les comédies ou les films d'action, Wolfie ? Allez, monte. Peut-être que tu n'es pas autorisé à rester sur le canapé d'habitude, mais ce soir, c'est une offre spéciale.

Elle tapota le siège à côté d'elle et soudain, un grand tapis de fourrure se drapa sur ses jambes. Elle lui gratta le cou, cherchant un collier et une plaque d'identité.

— Je ne comprends pas pourquoi les gens ne mettent pas de collier à leurs animaux de compagnie. Comment vais-je t'appeler ?

Une longue langue humide s'étala sur le côté de sa joue, et elle éclata de rire.

— Hé, doucement, je n'ai pas besoin de prendre un bain.

Elle l'attrapa par la peau du cou et le plaça dans une

position moins confortable. C'était peut-être une façon pour l'animal de montrer de l'affection, mais la bave canine n'était pas sa préférée.

Elle ralluma la télé et essaya de se concentrer sur l'émission.

C'était impossible. L'énervement commencé plus tôt dans la journée la rongeait toujours. Elle emmerdait TJ pour avoir fait tourner son moteur puis l'avoir abandonnée. Elle emmêla ses doigts dans la fourrure du loup et entreprit de se détendre. La chaleur persistante de la journée et le reste de l'excitation de la journée l'atteignirent finalement, surtout avec la chaleur du loup niché à côté d'elle.

Il y avait quelque chose de réconfortant à avoir un animal. Son partenaire lui manquait.

Lorsqu'elle se surprit à bâiller pour la troisième fois d'affilée, elle abandonna, éteignit l'écran et s'étira paresseusement.

— D'accord, Wolfie. Il est temps pour toi de rentrer chez toi.

Elle se leva pour pousser la porte de la cuisine seulement et vit la croupe de l'animal disparaître dans les escaliers.

— Hé, où penses-tu que tu vas ?

Quand elle le trouva recroquevillé sur son lit, elle éclata de rire.

— Je parie que tu es un loup de lit. D'accord, tant que tu ne ronfles pas, tu peux rester.

Elle enleva le survêtement qu'elle avait changé après avoir abandonné la fête avant d'enfiler un T-shirt surdimensionné. Elle rampa sous la couette.

Il ne fit aucune des choses canines habituelles pour s'installer, mais colla juste son nez près de son oreille et la lécha une fois avant de se laisser tomber sur son ventre près d'elle. Elle gloussa et passa un bras autour de lui.

Au cours de la nuit, quand elle se retourna, il était parti.

Quelle ironie, elle avait été larguée par un autre homme. Elle soupira et replongea dans ses rêves.

4

———

Un magnifique ciel bleu les accueillit pour le premier jour de la tournée. Avec la météo coopérante, Pam vérifia les autres randonneurs avec un œil méfiant. C'était ce qui la préoccupait le plus avec la suggestion de Maggie de participer à une expédition organisée – vous ne saviez jamais qui seraient vos compagnons, et parfois trop de gens faisaient des ennuis.

Keil réclama l'attention de tout le monde avant de pointer du doigt les fournitures empilées sur la table de pique-nique.

— Nous avons des sacs à dos légers pour tout le monde, déjà chargés de collations et de bouteilles d'eau. N'essayez pas de galoper sur la colline. Prenez votre temps et profitez du voyage. Il y a un certain nombre d'endroits où nous nous arrêterons et aurons des séances de photos, mais chaque fois que vous avez besoin de vous arrêter et de faire une pause, n'hésitez pas. Nous avons suffisamment de guides pour que vous puissiez tous aller à votre rythme.

Pam hocha la tête de satisfaction. Il semblait qu'il y avait quelques niveaux de condition physique différents au sein du groupe, et même si elle n'était pas sûre de la vitesse à laquelle elle marcherait, il était bon de savoir que Keil ne s'attendait pas à ce qu'ils restent groupés.

Elle leva les yeux vers le sommet du trône du roi qui la dominait et ajusta le sac pour s'asseoir un peu plus facilement. Ciel clair, douce brise parfumée, ça devrait être une super journée.

Elle se tourna et heurta TJ.

— Hé là, prête pour la randonnée ?

Elle fit semblant d'être agacée.

— Envisages-tu de me talonner toute la semaine où je suis avec l'excursion ?

Il plissa le nez.

— Hum, c'est à peu près le plan, ouais. Du moins jusqu'à ce que tu acceptes mes excuses. Je ne voulais pas t'abandonner, l'autre soir.

Pam rit doucement. Ce gars était persistant.

— Je sais, tu as été rappelé momentanément et quand tu es revenu, j'étais partie. C'est bon, je te pardonne. Vraiment.

— Alors pourquoi agis-tu comme si tu aimerais me voir... tomber dans le lac ou quelque chose dans le genre ?

Pensée tentante. Seulement parce qu'elle avait parié qu'il aurait fière allure tout mouillé, ses vêtements collés à lui. Peut-être qu'elle pourrait le convaincre qu'il valait mieux les laisser sécher à l'air libre et qu'il marcherait nu.

Oui, c'est ça, avec neuf autres personnes autour ?

Il lui montra le chemin et elle lui emboîta le pas.

— J'étais contrariée, mais c'est fini. Ce n'était tout simplement pas la façon dont je m'attendais à passer la soirée.

Elle entendit sa respiration rapide.

Elle y avait beaucoup réfléchi au cours des deux derniers jours alors qu'elle se préparait pour le voyage, surtout après avoir découvert que TJ était l'un des guides. Elle pourrait rester en colère et faire la moue, ou retourner la situation et s'amuser. Comme c'était sa chance de sortir et de passer un bon moment, elle choisit de lui donner une pause. Il y avait trop d'attirance entre eux pour être perdue pendant un certain temps, et vraiment, n'était-ce pas une perte d'énergie ? Elle serait partie dans quelques semaines et, en attendant, il pourrait lui faire découvrir l'hospitalité du Nord.

Mais le faire se tortiller était toujours amusant.

Ils marchèrent le long de la large section du sentier.

— Est-ce une vieille route ?

— Une route forestière. Le sentier se rétrécit lorsque nous atteignons Cottonwood Junction. Ensuite, c'est en file indienne jusqu'à ce que nous atteignions le pré.

Ils parlèrent du territoire du Yukon. TJ montra certaines des plantes les plus inhabituelles à leurs pieds.

— Les fleurs sauvages ont presque toutes disparu maintenant, à l'exception de l'épilobe.

— C'est joli.

— C'est une mauvaise herbe, mais oui, une jolie.

Les heures passèrent et elle contempla le paysage, profitant de l'occasion d'un défi physique. Quelques-uns des randonneurs du groupe prirent du retard, et bientôt il n'y eut plus que deux personnes de plus dans le groupe avec elle et TJ.

— Combien de temps passez-vous au Yukon ? demanda l'un des hommes.

Elle s'éloigna un peu plus de lui. Bien qu'il ne représente pas un défi physique pour elle, elle n'avait pas envie de flirter avec qui que ce soit. C'est-à-dire n'importe qui d'autre que TJ.

— Quelques semaines, non ?

TJ s'interposa entre eux avant de faire un geste vers la droite et de diriger leur attention vers un belvédère.

Pam dissimula son sourire.

Les vues panoramiques lorsqu'ils atteignirent le sommet étaient d'une beauté stupéfiante. Elle erra sans but et prit cliché après cliché. Des touffes de nuages accrochées au sommet des montagnes. Un ruban de sérac glaciaire s'étirant au loin. Le soleil se reflétant dans un million de points lumineux éblouissants à la surface du lac Kathleen.

Chaque fois qu'elle leva les yeux, elle trouva le regard de TJ sur elle.

— Tu n'as personne d'autre dont tu dois t'occuper ?

Il secoua lentement la tête.

— J'ai déjà préparé le pique-nique et tout le monde mange. Je devais m'assurer que tu ne te promenais pas trop près du bord de la montagne ou ailleurs.

Oh, mon Dieu, il faisait chaud ici, sous la chaleur ardente de son regard.

— S'il y a un pique-nique, je suppose que je devrais aller les rejoindre.

— J'en ai gardé pour nous. On peut manger ici. Seuls.

Pam se concentra. *Dacodac.*

Ils s'assirent ensemble, TJ pointant du doigt diverses directions et nommant les sommets des montagnes locales visibles de leur point de vue. Pam grignota son sandwich, tout en essayant de trouver une bonne excuse pour évoquer le baiser avorté de l'autre soir. Par exemple, qu'ils devraient trouver un moyen de réessayer.

Elle n'avait jamais été aussi attirée par un homme et si muette en même temps. Il ne semblait pas y avoir d'ouvertures appropriées, et elle n'allait pas lui sauter dessus.

Pas encore.

— Je réfléchissais.

TJ lui passa une brique de jus, de la condensation perlant à sa surface.

— Une chose dangereuse à faire.

Il sourit.

— J'aimerais me rattraper, de t'avoir laissée en plan l'autre jour. J'espérais un peu que tu me pardonnerais assez pour accepter une petite offrande de paix.

Hmmm, la corruption fonctionnait totalement.

— Comme des barres de chocolat supplémentaires ? Noir ? Je serais prête à pardonner à peu près n'importe quoi pour ça.

Son rire éclata alors qu'il attrapait son sac à dos.

— Ce n'est pas la surprise, mais je pense que je peux toujours t'aider.

Il sortit un sac Ziploc et prit une barre extralarge enveloppée de papier d'aluminium.

— Oups, il fait trop chaud aujourd'hui pour transporter du chocolat. Pardon.

Il en sortit un. Du chocolat suintait des bords et coulait le long de ses doigts. Bonjour opportunité. Elle attrapa sa main.

— Pas de problème, j'aime ça comme ça.

Elle porta sa main à sa bouche et suça un doigt, léchant le liquide chaud et fondu avant de passer au suivant. Sa respiration s'accéléra et son intimité devint humide.

D'accord, elle avait fini d'être en colère, et il valait mieux qu'il y ait des chambres privées disponibles où qu'ils soient ce soir.

Au moment où toute trace de chocolat fut enlevée, elle put à peine respirer.

Il se pencha vers elle, ses yeux sombres la fixant en place alors que leurs lèvres se touchèrent.

Les cloches sonnèrent. Cool, ils ne s'embrassèrent même pas et elle entendit des cloches.

TJ s'éloigna avec un soupir et ses espoirs s'évanouirent. C'était une vraie cloche qui se rapprochait.

— C'est le signal pour rassembler tout le monde et commencer à descendre la colline.

Il fixa ses lèvres.

— Rappelle-toi où nous en étions...

Pam rassembla ses esprits du mieux qu'elle put et se leva d'un bond. Il la dirigea dans la bonne direction, et elle secoua la tête tandis qu'elle reprenait la piste. D'accord, il était beau, mais elle devait subir une sorte de fièvre d'altitude.

Elle le regarda du coin de l'œil jusqu'à ce qu'il la rattrape.

Concentration sur le sentier. Il y aura beaucoup de temps pour flirter plus tard si je ne trébuche pas et ne me casse pas le cou.

Une demi-heure plus tard, il la rattrapa, tirant doucement sur sa main pour attirer son attention.

— Tu es intéressée par une petite visite aérienne ? Ma tournée.

— Es-tu sérieux ? Quand ?

TJ sourit et l'attira contre lui, la cachant des autres alors qu'ils disparaissaient au coin. Il se pencha plus près et lui murmura à l'oreille.

— Dans environ une heure. Je me suis arrangé pour qu'un hélicoptère vienne nous chercher dans le pré où nous nous sommes arrêtés pour notre première pause collation ce matin.

Son souffle chaud caressa son cou et un frisson parcourut sa peau. Bon sang, l'homme l'excita sans rien faire.

— Alors, est-ce que c'est comme un événement privé, ou est-ce que nous emmenons l'un des autres aussi ?

Elle inclina la tête pour indiquer le gars qui l'avait draguée plus tôt.

— Très privé. Il y a de la place pour toi, moi et le pilote. Donc, tu dois faire quelque chose. Numéro un.

Il embrassa son cou et glissa sa main dans ses cheveux pour la blottir un peu plus près de lui.

— Numéro un ? Mon Dieu, était-ce sa voix ? Cette voix rauque, sexy, qui signifie baise-moi dans le pré ?

— Hmm, tu ne peux dire à personne que nous y allons.

Il mordilla le lobe de son oreille et elle gémit. *Oh, oui.*

— Je peux le faire. Je suis vraiment douée pour garder des secrets.

— Je parie que tu l'es. La deuxième chose...

Il caressa d'une main son dos jusqu'à ce qu'il prenne ses fesses dans ses paumes, et elle était prête à ramper sur son corps.

— Deuxième... *chose.* Merde, TJ, tu continues de me toucher et je ne me souviendrai pas d'un mot de ce que tu as dit.

— Tout ce dont tu as besoin de te souvenir, c'est lorsque l'hélicoptère atterrit, accroupis-toi et approche-toi de la porte. On veut partir sans trop déranger les autres clients, d'accord ?

— Tu vas avoir des ennuis pour ça ?

Il ne répondit pas, se contenta de la tirer plus près et de prendre ses lèvres.

Oh, oui, il savait embrasser. Ses lèvres à elles seules déclenchèrent des réactions que d'autres amants obtenaient avec un dîner complet, une danse et quelques bouteilles de vin. Quand il finit par s'arrêter, elle dut reprendre son souffle.

Il lui sourit, son pouce effleurant doucement sa joue.

— Certains problèmes valent le risque.

Il s'écarta et porta un doigt à ses lèvres. Elle acquiesça. Ce serait bien de pouvoir s'éloigner du groupe. Elle avait volé en hélicoptère, mais seulement pour le travail. L'excitation la fit frissonner.

— Où allons-nous ?

— Survoler un peu le parc national Kluane. Tu pourras voir le mont Logan avant de nous diriger vers le champ glaciaire et devant quelques beaux lacs.

Elle attrapa sa main et la serra.

— Merci, TJ. C'est très attentionné. J'ai hâte de passer un peu de temps seule avec toi.

Ses yeux s'assombrirent et il regarda son corps avant de s'éloigner.

— Souviens-toi de ça. Du temps passé seuls est une bonne chose.

TJ ÉCOUTA ATTENTIVEMENT le bruit de l'hélicoptère. Tout allait se résumer au timing. Le pilote était un de ses amis et, espérons-le, Shaun avait réussi à tout mettre en place.

Maintenant, il fallait s'assurer que Keil n'ait pas interrompu ses plans.

Les membres du groupe se dispersèrent comme ils le faisaient habituellement à ce moment-là lors d'une randonnée. Les gens qui le désiraient étaient restés en haut pour faire un peu d'exploration supplémentaire. Keil commença la descente avec l'équipage plus lent pour leur donner plus de temps pour se rendre au parking et au pique-nique qui leur était préparé.

Pam prit une gorgée de sa bouteille d'eau et se lécha les

lèvres, et sa queue revint à la vie. Il avait été dur il y a deux nuits quand elle s'était déshabillée devant lui. Le souvenir de son torse nu avant qu'elle n'enfile une chemise de nuit – l'image était aussi claire qu'une photo et cela le hantait. Sa compagne était exactement ce qu'il désirait chez une femme. Il avait dû partir avant d'être trop tenté de quitter son loup et de ramper sur elle.

Non, c'était bien mieux. Du temps seuls. C'était le but, non ? Il entendit le faible bruit de l'hélicoptère de Shaun au loin se rapprocher.

— Allez, allons au bord du pré.

Elle lui prit la main, et il dut ignorer la décharge électrique qui le traversa. Il se demanda si ses caresses avaient le même effet sur elle que les siennes sur lui. Il n'y avait aucun doute dans son esprit : ils seraient fabuleux ensemble. Pas seulement niveau sexe, même si, ça avait l'air d'être aussi spectaculaire, mais elle semblait si compréhensive et il attendait avec impatience la semaine prochaine, afin de découvrir ce que cela signifiait d'avoir quelqu'un à qui offrir toute son attention. Tout son amour.

Il devait réussir une dernière manœuvre.

La puissance du vent s'intensifia lorsque l'hélicoptère plana au-dessus de lui, et Pam cacha son visage contre sa poitrine. Son bras autour de ses épaules était une sensation si agréable qu'il sut qu'il devait y avoir un grand sourire maladroit sur son visage. Il la protégea jusqu'à ce que les palmes s'arrêtent et que la porte s'ouvre.

Son ami Jared sauta, leva le pouce et sprinta jusqu'au bord du terrain. TJ guida Pam et la fit sauter dans la cabane, grimpa après elle et ferma la porte. Elle chercha des ceintures de sécurité et il tendit la main pour l'aider, puis tapota Shaun sur l'épaule. Lorsque la clameur des palmes atteignit des décibels douloureux, il saisit les casques suspendus à la paroi. Après avoir enfilé le sien, il lui montra les boutons sur lesquels appuyer pour parler.

— Tu es confortable ?

Il réarrangea les sacs à dos à leurs pieds, se penchant plus près sous le prétexte d'ajuster sa ceinture de sécurité.

— Super. Où allons-nous ?

Le paradis, espérait-il.

— Regarde par la fenêtre de gauche, il y a le mont Logan. Près de vingt mille pieds ou six mille mètres, c'est le plus haut au Canada et le deuxième plus haut en Amérique du Nord.

Elle se pencha sur son corps pour voir par sa fenêtre latérale et ses cheveux tombèrent tel un rideau sur lui. Une odeur douce. Une combinaison de jasmin et de son propre parfum. Celui qui lui fit rouler les yeux, et son pantalon devint beaucoup trop serré.

— Magnifique. Est-ce le glacier dont tu as parlé ?

Il désigna l'autre fenêtre, passa son bras autour d'elle et poursuivit la visite. Chaque voyage qu'il avait fait au cours des dernières années s'avéra utile, car il réussit à répondre à la plupart de ses questions.

Une fois sortis du parc national Kluane, ils contournèrent Sheep Mountain, laissant derrière eux la route de l'Alaska pour s'enfoncer plus profondément dans la brousse. Une épaisse forêt s'étendit sous eux, montant et descendant en vagues vertes sans fin. Shaun fit un geste en l'air et l'excitation de TJ monta. Ils y étaient presque. Il serra les doigts de Pam. Sa main trouva la sienne et il ne voulut pas la lâcher.

— Tu veux atterrir ? lui demanda-t-il.

Elle lui sourit.

Derrière la fenêtre se trouvait le début d'un lac de montagne immaculé, un champ d'herbes folles s'étendant du rivage vers les contreforts boisés de la montagne. Shaun fit son chemin vers le nord où un ruisseau étincelant courait dans le lac. Il installa l'hélico dans un petit pré, et TJ ouvrit la porte, sauta et tendit la main pour aider Pam.

Bien sûr, quand elle perdit l'équilibre et atterrit sur lui, il fut déchiré entre maudire sa malchance et désirer rester là pour toujours.

Respecte le plan.

— C'est bruyant ici. Bougeons un peu.

— Est-ce qu'il va arrêter les hélices ?

Très peu probable, mais il n'allait pas le lui dire. Encore. Elle rit alors qu'il roula, la mettant sur ses pieds et s'enfuyant de l'hélicoptère jusqu'à ce qu'ils puissent parler sans crier.

— Avons-nous assez de temps pour que je puisse aller toucher le lac ?

— Bien sûr.

Il la suivit et elle tourna les bras en cercle, respirant d'énormes courants d'air. Elle avait l'air sauvage et vivante, et il était éperdument amoureux.

— Faisons la course.

Elle était déjà partie.

TJ la poursuivit, la rattrapant avant qu'ils ne perdent l'herbe sous leurs pieds. Il la plaqua avec précaution, puis la prit dans ses bras, reposant sur lui.

Il fallut une seconde pour que le choc total d'avoir réussi sans se casser les os, les siens, fasse le chemin dans son cerveau.

— Eh bien, bonjour. N'étions-nous pas ici il y a quelques minutes ?

Pam le taquina.

— Je pense que nous y étions presque. Il manque une chose.

Il prit sa tête et posa ses lèvres sur les siennes. Son goût le submergea et l'aspira, la sensation de sa compagne reposant sur lui était la meilleure chose qu'il ait jamais vécue.

Elle répondit avec enthousiasme, explorant avec sa langue, lui rendant son baiser avec autant de passion qu'il le souhaitait. Elle releva ses jambes pour le chevaucher et son entrejambe chaud reposa sur son aine. Un faible mouvement de ses hanches et le contact s'intensifia.

Oh, merde, il allait exploser si elle se tortillait encore.

Pam était assise bien droite, les mèches de ses cheveux brillant de rouge dans la lumière éclatante du soleil.

— Eh bien, je semble t'avoir à ma merci, mais nous devons probablement partir bientôt, non ?

Le bruit sourd des pales de l'hélice les atteignit et ses yeux s'écarquillèrent.

— Qu'est-il en train de faire ?

Elle se précipita sur le côté et sa mâchoire s'ouvrit lorsque l'hélicoptère se leva. La pression de l'air les plaqua au sol alors que Shaun s'enfuyait.

TJ fit signe à son ami alors que l'avion s'élevait, planant au-dessus du terrain pendant un moment avant de pivoter et de décoller au loin.

— Que se passe-t-il ? Arrêtez ça... revenez.

Pam courut après l'hélicoptère, agitant frénétiquement les bras avant de revenir, ses beaux yeux bruns écarquillés.

— Il nous a quittés. Que fait-il ?

TJ se leva et la retint dans ses bras.

— Ne t'inquiète pas, ça va. Il va revenir.

Elle se détendit.

— Bon, c'est bien. Combien de temps avons-nous avant qu'il ne revienne ?

— Une semaine.

5

———

Pam le dévisagea. Quelle sorte de... ? Ça devait être une blague.

— A-t-il besoin de carburant ou quelque chose d'autre ?

— Non, il a quelques autres choses à faire, mais il reviendra pour nous. Tu veux m'aider à porter nos sacs jusqu'à la cabane ?

TJ se tourna pour avancer vers le centre de la prairie.

Cabane ? Elle l'attrapa par le bras et le força à lui faire face.

— Tu me fais une blague, n'est-ce pas ? Tu viens vraiment de nous faire jeter dans la brousse ? Es-tu fou ?

— Écoute, ça va aller. Prenons nos affaires et nous pourrons en reparler une fois que nous serons installés.

Elle se mordit la langue. Le gars ne devait pas tirer sur toutes les roquettes, mais le ménager un instant était la seule solution. Elle regarda la prairie un peu plus attentivement.

— Où est... tout ? La cabane, la nourriture, les bains publics avec l'eau courante et la télévision par satellite ?

— Pas de télé, mais je te promets l'eau courante. Allez.

Il la conduisit à l'endroit où l'hélicoptère avait atterri. Là, où l'herbe était basse, se trouvaient une boîte et deux sacs à dos de grande taille. L'un d'eux était son propre sac rouge vif qu'elle aurait pu jurer qu'elle avait laissé en toute sécurité à la camionnette de l'expédition.

Il prit son sac et la boîte, lui sourit et la conduisit vers les arbres.

D'accord. Elle allait le tuer, mais seulement quand elle aurait un toit au-dessus de sa tête. Elle haussa son sac sur les épaules et suivit.

Le sentier menait à une jolie cabane en rondins face au lac. C'était si touffu qu'elle ne l'avait pas remarquée plus tôt, mais elle appréciait le cadre. Une fois qu'elle surmonta la partie d'elle qui voulait démonter TJ, ce n'était pas un mauvais endroit.

Il s'arrêta au bas du large escalier menant à la solide porte en bois.

— Une escapade privée rien que pour toi. Je sais que j'aurais dû vérifier avec toi d'abord, mais j'avais besoin de faire avancer les choses assez rapidement. J'ai pensé qu'il serait plus facile de demander pardon que de demander ta permission.

Elle le regarda avec incrédulité. Cela n'arrivait pas. Son cœur battait à tout rompre, le sang coulant si fort sur ses tempes que sa vision se brouilla. Elle ne savait pas si c'était par choc ou parce qu'elle était énervée.

Énervée. Certainement cela. L'homme avait besoin d'être manipulé, et elle avait le toucher. Pam se calma.

— Donc, ce que tu essaies de me dire, c'est que tu as délibérément mis cela en place. La cabane isolée, tout le truc « juste nous deux seuls » ?

Il hocha la tête, une étincelle dans les yeux.

— Ahhh, c'est tellement...

Elle s'approcha et lui tapota la joue.

— Comme c'est incroyable...

D'un mouvement rapide, elle attrapa son oreille et la tordit, durement.

Il lui prit la main et tomba à genoux.

— Merde, attends.

Elle lui lança des regards furieux.

— Je n'arrive pas à croire que tu sois un tel crétin. Qui t'a chargé de moi ? As-tu demandé ? As-tu même pensé que ce à quoi je me suis inscrite était peut-être ce à quoi je voulais participer ? Idiot.

Une torsion supplémentaire accompagna son dernier mot et TJ hurla entre ses dents.

— Arghhh, j'ai la liste de toutes les choses que tu voulais essayer. Nous allons faire en sorte que cela se produise ici, seulement de façon un peu plus agréable, car il n'y aura pas de foule autour.

Elle lâcha son oreille et traversa le porche d'un pas lourd.

— Tu m'as kidnappée.

— Attends, ce n'est pas comme ça.

Il sauta sur ses pieds, tapotant frénétiquement toutes ses poches.

— Ah, putain, je fous tout ça en l'air. Je ne l'ai pas dit correctement. Je voulais... Je voulais te demander si tu voulais rester ici. On peut toujours rappeler l'hélicoptère. Juste...

TJ jeta le sac à bas de son dos et ouvrit les fermetures éclair, à la recherche de quelque chose. Pam baissa également son sac à dos, le laissant tomber contre le côté de la cabane. Elle voulait que ses mains et ses pieds soient dégagés si elle avait besoin de lui botter les fesses. Elle s'accroupit, prête à le frapper au sol si nécessaire.

Il se tourna vers elle. Quelque chose de sombre poussa sa direction et elle bougea instinctivement, le côté de sa main faisant craquer son avant-bras assez fort pour le blesser. Alors qu'il criait, une forme oblongue s'échappa de ses doigts et claqua contre la porte. Des morceaux de plastique noir pleuvaient sur les planches du porche, un ensemble de batteries roulant et tournant à l'arrière du mur, s'arrêtant finalement contre son pied.

Merde.

Pam s'agenouilla et ramassa le corps mutilé de l'émetteur-récepteur, les fils cassés qui pendaient du boîtier. Un cadran rond tomba au sol et tourna comme une toupie, l'écho du tourbillon s'estompant jusqu'à ce que la pièce se renversa avec un doux plop.

TJ se racla la gorge.

Elle pinça les lèvres. Rire en cet instant n'était probablement pas la réponse la plus mature, mais... oh, mon Dieu. Il lui fallut une bonne minute avant qu'elle puisse parler.

— C'était un téléphone satellite ?

Elle était fière de savoir rester calme.

— Euh, c'est ça. Ainsi, nous pourrions rappeler Shaun si tu ne voulais pas rester.

Pam ferma les yeux et compta jusqu'à dix.

— C'était notre seul téléphone ?

— Oui.

Sa réponse honnête l'amusa et tout à coup, la plupart de ses fanfaronnades s'épuisèrent.

— Je suis fâchée contre toi. Ne te méprends pas, je prévois toujours de me venger. Mais d'un autre côté, c'est gentil de m'amener ici. Bizarre, mais gentil.

— Tordu et doux. Je le prends.

Il lui lança le regard de chiot le plus désarmant, et elle se mordit la lèvre pour s'empêcher de rire.

Il ouvrit la porte et lui fit signe d'entrer la première.

Elle attrapa son sac à dos, écrasant quelques morceaux de plastique sous ses pieds alors qu'elle entrait. La cabane était lumineuse et gaie, et plus grande qu'elle ne l'avait imaginé. La zone principale contenait un salon ouvert avec une mini cuisine d'un côté et une belle cheminée en pierre sur le mur opposé.

Deux portes s'ouvraient à l'arrière, et après avoir laissé tomber son sac au sol, elle passa la tête dans la première pour trouver une chambre. Elle découvrit non pas un king size, mais plutôt un king plus.

— Je dois faire quelque chose à l'extérieur. Regarde autour de toi, installe-toi.

TJ décolla rapidement et elle laissa échapper un grand soupir.

Putain de merde, ils étaient coincés ici. Elle devrait être absolument furieuse. Comment quelqu'un de nos jours pouvait-il penser qu'il était normal d'emmener quelqu'un quelque part sans permission ?

Pourtant, alors qu'elle errait dans la cabane, elle n'était pas vraiment bouleversée. Elle avait voulu vivre une aventure, et s'inscrire à l'expédition avait été plus l'idée de Maggie que la sienne.

C'était en partie sa faute pour avoir réagi de manière excessive dans les escaliers. Oh, mon Dieu. Elle riait d'elle-même, secouant la tête alors qu'elle errait dans la cabane. Cette solitude forcée était ce qu'elle voulait vraiment en ce moment. Ajoutez cela au fait que TJ, M. excite-moi-sans-même-essayer, était celui avec qui elle restait ?

Elle regarda à nouveau le lit monstrueux. D'accord.

C'était elle qui avait perdu la tête, mais cela pouvait en fait être très amusant.

Bien sûr, elle prévoyait toujours de le faire souffrir. Elle devrait pouvoir obtenir quelques massages du dos, peut-être même un massage des pieds, s'il se sentait suffisamment coupable.

Elle repéra un balai dans le coin et fit quelques passes, mais il n'y avait rien sous les pieds qui ne devrait pas être là. Elle vérifia les placards, regarda sous le lit... pas de poussière, pas de traces de souris. Les placards étaient remplis de produits secs et de collations. C'était la cabane la plus propre qu'elle ait jamais vue. Plus propre que son appartement depuis que Maggie avait déménagé, si elle était honnête.

Des pas lourds atterrirent sur les planches du porche, et elle se précipita hors de la chambre pour voir TJ se frayer un chemin dans la pièce de devant, ses bras autour d'un sac en papier. Il la regarda attentivement et elle soupira.

— Je ne vais pas te frapper sur la tête avec la poêle à frire en fonte que j'ai trouvée, si c'est ce qui t'inquiète.

Il sourit.

— Bien, parce qu'on en aura besoin pour le petit-déjeuner, et les pancakes cuisent mieux dans des poêles non cabossées.

Elle rit.

— D'accord, nous parlerons de l'enlèvement en détail plus tard. Puis-je t'aider à ranger tes affaires ?

Le fond du sac en papier qu'il tenait céda, envoyant le contenu au sol dans une avalanche en cascade. Ils se précipitèrent tous les deux pour rattraper des choses, mais à la fin, la plupart se retrouvèrent en tas à leurs pieds. Elle se pencha pour aider à rassembler les bougies parfumées, les chocolats, l'huile de massage, la boîte extralarge de préservatifs...

La chaleur la parcourut alors qu'elle la tenait, fixant son visage rouge vif.

— Tu as des projets ?

Il déglutit nerveusement plusieurs fois.

— Seulement si tu le fais.

Oh, seigneur. Elle avait besoin de reprendre un peu le contrôle, et détenir la preuve de ce qui pourrait arriver très prochainement ne facilitait pas les choses. Elle recula.

— Je pense... que j'ai besoin d'air frais.

— Pourquoi ne me laisses-tu pas nettoyer et ranger les affaires ? Tu peux y aller...

— Je vais inspecter le lac...

Ils parlèrent simultanément. C'était trop, et elle s'enfuit, se précipitant vers la porte où la brise du soir portait sur l'eau.

Deux secondes de plus et elle l'aurait fait utiliser l'un des préservatifs.

Le sentier droit devant la cabane la conduisit à un minuscule quai qui s'étendait au-dessus de l'eau. Elle retira ses chaussures et baigna ses pieds dans le liquide frais.

Elle travaillait dur et jouait *fairplay*, et être hors de contrôle n'était pas ce qu'elle aimait dans sa vie. Elle avait juré il y a longtemps que ce serait elle qui déciderait. Néanmoins, elle était là, hors de sa zone de confort, et la sensation rampant dans sa colonne vertébrale n'était pas de la peur ou de la consternation, mais du plaisir.

Pourquoi ?

Pam s'allongea sur le quai et ferma les yeux. La lumière du soleil frappa son visage, sa chaleur déclinante encore suffisante pour l'aider à se détendre. Elle était coincée ici pendant la semaine. Il n'y avait aucun moyen qu'elle soit assez stupide pour essayer de sortir seule de la brousse, alors elle avait deux choix. Gémir à ce sujet ou sauter à pieds joints. Passer un bon moment avec le gars, puis emporter les souvenirs avec elle quand elle partirait.

Elle avait besoin d'une pause maintenant, de toute façon. Avec son partenaire à la retraite, elle devait en former un nouveau, et elle avait un mois de congé à venir. Il était temps de se fixer de nouveaux objectifs pour sa vie. Vingt-six ans, et se sentant déjà seule pour toujours.

Mais pas cette semaine. Qu'il s'en rende compte ou non, TJ l'avait frappée au moment où elle en avait le plus besoin. Elle s'assit et donna un coup de pied dans l'eau, éclaboussant et soulevant un chahut. La vie devrait être appréciée, et elle avait bien l'intention d'en profiter pleinement cette semaine.

Le soleil se glissa derrière le sommet de la montagne, jetant une ombre sur le lac, et elle respira l'air clair. C'était définitivement un endroit pour se créer des souvenirs.

TJ LA REGARDA, son loup le poussant à aller à ses côtés. Elle semblait si petite et seule assise sur le quai, et il était un peu inquiet d'avoir insisté pour l'amener ici. Espérons que les prochains jours lui suffiraient pour la convaincre qu'il était *son* type pour toujours.

Quand elle rejeta la tête en arrière et rit, éclaboussant comme un enfant, il dut combattre l'envie de courir et de la rejoindre.

Toute sa vie, il avait rêvé d'avoir le genre de connexion qu'il avait vu chez les autres membres de la meute. Comment est-ce que cela fonctionnerait avec lui étant un loup et son humaine, il ne le savait toujours pas, mais il n'y avait personne d'autre qui lui avait jamais fait ressentir cela.

Il était temps de commencer les courbettes.

Il s'approcha lentement, mais elle l'entendit. Tournant son corps, elle releva ses jambes et enroula ses bras autour de ses genoux. Elle lui sourit et la chaleur le frappa comme un uppercut entre les yeux.

— Tu as faim ? demanda-t-il.

Elle acquiesça.

— Au fait, tu vas me dire où on est ?

— Au nord-ouest de Haines Junction, sur l'un des bras nord du lac Kluane. La cabane appartient à un ami, et lui et sa femme sont partis dans le sud pour rendre visite à de la famille.

— Comment as-tu tout obtenu ici ? C'est propre et approvisionné !

— Shaun, le pilote d'hélicoptère. Il est venu plus tôt, a apporté des fournitures et a nettoyé pour nous.

La malice éclairant son visage était légèrement effrayante.

— Tu sembles avoir apporté quelques provisions à toi.

Il toussa.

— À ce sujet... je ne voulais pas le présumer, et c'est à toi de décider si nous...

Pam se leva et s'étira, et il saliva. Ses seins pressés contre le devant de son T-shirt, les muscles de ses bras reflétant la lumière rougeoyante du soleil couchant. Elle s'approcha.

— Ne présume de rien, mais je t'aime bien. Je suis assez intéressée moi-même, comme je pense que tu as pu le voir l'autre soir. Alors, ne sois pas timide et ne fais pas l'idiot. Est-ce que tu me veux ?

Oh, mon Dieu.

— Plus que tu ne l'imagines.

Elle lécha ses lèvres tout en l'examinant.

— On dirait que nous pourrions avoir une semaine inté-ressante devant nous. Seulement, quelle est ta liste d'activi-tés ? Je veux savoir ce que tu as prévu. Je voulais une expérience nordique, et tu vas me la donner, pas vrai ?

Oh, oui, il lui donnerait tout ce qu'elle voulait.

Il tendit la main.

— Dîner d'abord ? Et on planifiera demain ?

Elle serra ses doigts dans les siens.

La vaisselle était faite, la cheminée crépitait, et TJ ne pouvait pas la quitter des yeux.

— Merci pour le souper.

Il renifla.

— J'aurais dû te prévenir, je ne suis pas un très bon cuisinier.

— Macaronis au fromage avec tout le ketchup que je voulais ? Que faut-il de plus ?

Elle lui tendit son verre de vin et il le remplit.

— Ton copain Shaun a fait du bon travail avec l'approvi-sionnement.

Il la fixa un peu plus longtemps. Le doux mouvement de sa joue, la façon dont ses cheveux pendaient sur sa peau et brillaient avec la lumière... Elle était magnifique et il avait envie d'elle.

— Tu veux jouer à un jeu ?

Il avait besoin de quelque chose pour s'empêcher de la déshabiller et de s'enterrer dans son corps avant qu'elle ne soit prête. Son parfum remplissait la pièce, et il devait se concentrer pour arrêter de baver.

— Un jeu ? Bien sûr.

Elle posa son verre de vin et rampa sur ses genoux, et il avala presque sa langue.

— Qu'est-ce que... qu'est-ce que tu fais ?

Putain de merde. Elle déboutonna le haut de sa chemise et se pencha pour déposer un baiser dans son cou.

— Essayer de décider à quel jeu jouer.

C'était difficile à entendre avec le sang qui battait à ses oreilles en quittant son cerveau pour se rassembler dans des régions plus au sud. Quand elle s'assit et enleva son T-shirt, il ferma les yeux fortement, passant ses doigts dans les passants de son short. Il n'allait pas la brusquer. Elle pouvait donner le ton.

— Hmm, je dirais le strip-poker, mais je suis vraiment mauvaise aux cartes, donc ça ne durerait pas très longtemps.

Il n'osa pas jeter un coup d'œil, mais ses mains étaient à nouveau sur lui. Elle déboutonna le reste et fit glisser la chemise de ses épaules.

Il se pencha en avant pour la laisser manœuvrer le vêtement jusqu'au bout, et sa poitrine heurta ses seins. Ses seins nus, chauds et nus.

Ses yeux s'ouvrirent.

— Oh, douce pitié, tu me tues.

— Pourquoi dis-tu ça ?

— Pam, es-tu sûre ? Nous n'avons pas à faire ça, pas ce soir.

Ce n'était pas lui qui parlait. Un inconnu l'avait enlevé. Il aurait été en train de la toucher, lissant sa peau, tendant la main pour caresser les cercles rose pâle qui pointaient sur ses seins. Il ne serait pas assez stupide pour essayer de la ralentir, ou Dieu l'en préserve, l'empêcher de se déplacer légèrement vers le haut et de faire en sorte que son mamelon entre en contact avec ses lèvres.

Juste un avant-goût. Il lécha légèrement le bout qui durcit sous sa langue. Sa saveur l'enivra et il ferma les yeux.

— Oui. Oh oui...

Pam passa ses doigts dans ses cheveux et le serra contre lui, et il n'y avait pas moyen d'arrêter le train. Il passa d'un côté à l'autre, se régalant de son corps, le crépitement du feu s'estompant à mesure que ses cris augmentaient. Elle était bruyante, et même s'il n'avait jamais eu de mal à rendre les dames heureuses au lit, savoir ce qui avait excité sa compagne était le sentiment le plus impressionnant qu'il ait jamais ressenti.

Il prit ses fesses dans ses mains et se leva, se traînant vers la chambre alors qu'elle s'accrochait à ses lèvres. Marchant à l'aveugle, il heurta le cadre de la porte plusieurs fois jusqu'à ce qu'il réussisse à se rendre jusqu'au bord du lit. Il la posa sur la surface ferme et recula pour la regarder.

Ses cheveux noirs s'étalaient sur la couette claire, ses lèvres humides de leurs baisers, son torse nu séduisant. Elle dégrafa son bouton de jeans et ouvrit la fermeture éclair, et il ne pouvait plus respirer, pouvait à peine réfléchir alors qu'elle retirait ses shorts et ses sous-vêtements.

Nue.

Attendant.

Son loup hurla de joie. Sa compagne le voulait, l'attendait. Il s'approcha et tomba à genoux. Une traction ferme amena ses hanches au bout du matelas. Il lui ouvrit les jambes et l'embrassa intimement.

Elle rit, et cela se transforma en un gémissement alors qu'il étendait sa langue et léchait sa vulve, séparant ses boucles et la trouvant humide et prête.

Son sexe lui faisait mal sous ses vêtements, mais il était content de la distraction. Il voulait que ce soit spécial pour elle. Leur première fois, la toute première en ce qui le concernait. Il la goûta à nouveau, se délectant de ses halète-ments, les gémissements haletants s'échappant de sa gorge alors qu'il encerclait son clitoris avec sa langue.

Quand il glissa un doigt dans son fourreau et téta en même temps, elle cria et jouit, son corps réagissant beaucoup trop rapidement. Ce n'était pas assez, pas assez de plaisir.

Il refusa de s'arrêter, la maintenant alors qu'elle se tortillait. Une main immobilisa ses hanches alors qu'il continua à lécher et à sucer, enfonçant deux doigts dans son fourreau, massant sa gaine.

— Tu me tues. C'est trop sensible, c'est trop.

Il leva la tête pour s'imprégner de la vue. Ses joues étaient rouges, ses yeux vitreux. Elle prit une profonde inspiration tremblante et son cœur se dilata. Cette réponse, c'était à cause de lui. À cause de ce qu'il lui faisait.

— Jamais assez. Je veux que tu viennes encore avant de sombrer en toi. Avant que ce ne soient plus mes doigts qui te remplissent, mais ma queue qui nous joigne.

Elle ferma les yeux et siffla. Son sexe était moite et les sons intimes de ses doigts poussant remplissaient l'air. Quand elle vint cette fois, ce fut avec un soupir de contente-ment, et il laissa tomber sa tête sur son ventre et frissonna de satisfaction.

Il ralentit, caressant doucement l'entrée de son corps. Encerclant les tissus délicats alors qu'elle continua à convulser sous lui. Il se leva et la rejoignit, l'embrassant tendrement, la roulant sur le côté alors qu'elle enfouissait ses mains dans ses cheveux.

De longs instants à bout de souffle plus tard, elle se recula, caressant sa joue, son regard sur son visage.

— Merci, c'était incroyable.

— Nous n'avons pas fini.

Il baissa la tête et reprit ses lèvres. Il ne pouvait pas en avoir assez de sa bouche, son odeur et son goût remplissant sa tête le rendant fou. Elle tira sur son pantalon, poussant le tissu sur ses hanches, ses mains douces caressant la peau nue de ses fesses. Son sexe toucha sa jambe chaude et il frissonna, luttant pour garder le contrôle.

— Lève-toi, murmura-t-elle, puis, douce miséricorde, elle avait ses mains sur son membre et il crut mourir. Il nicha son visage contre sa gorge, s'imprégnant de chaque sensation – l'odeur de sa peau, le plaisir douloureux de ses bourses alors qu'elle enroulait un préservatif sur son membre.

Il souhaitait que cette fichue chose soit à des millions de kilomètres. Il voulait prendre sa compagne, peau contre peau. Il avait besoin de sentir sa moiteur. Sa chaleur l'enveloppait, mais il savait que cela ne fonctionnerait pas. C'était donc le préservatif, et alors même qu'il avait mal pour ce qu'il ne pouvait pas avoir, elle se déplaça sous lui, ouvrant ses jambes, et sa queue la transperça.

— Prends-moi.

Pam se cambra contre lui et il se glissa un peu plus loin.

Avec plaisir. Il se glissa lentement, savourant la sensation de son étreinte autour de lui jusqu'à ce qu'il soit enterré jusqu'à la garde. Elle était serrée et humide et *putain de putain de putain*, rien n'avait jamais senti comme ça auparavant.

Il fixa ses grands yeux bruns. Ancrés sur ses coudes, un de chaque côté d'elle, leurs corps se rejoignirent, une lente et séduisante danse de plaisir. L'esquisse d'un sourire apparut au coin de sa bouche, et il l'embrassa. Il l'embrassa sur la joue et retrouva son cou. Il avait tellement envie de la mordre que ses gencives lui firent mal.

Il voulait la marquer comme sienne et s'assurer que quoi

qu'il arrive, il aurait ce lien avec elle, mais il ne pouvait pas. Pas avant qu'elle ne sache tout.

Quelque part, il trouva la force de lui lécher la jugulaire, ignorant le pouls battant sous sa bouche. Il se concentra pour faire entrer et sortir sa queue de son doux corps.

Pam enroula ses jambes autour de lui, et au passage suivant, il s'enfonça un peu plus profondément et elle fit un petit bruit qui contracta ses bourses.

— Tellement bon. Oh oui, juste là.

Elle jura plusieurs fois, et il rit.

— Qu'est-ce qui est bien, ça ?

Il glissa sur son clitoris. Cela devait être sensible depuis ses premiers soins, et ses yeux se révulsèrent.

— Oui, c'est bien ce que je pensais.

— Plus vite, demanda-t-elle, tirant avec ses pieds contre ses fesses.

Il se laissa tomber pour sucer ses mamelons, mordillant, apaisant les pointes rigides avec sa langue.

— Ralentis.

Il devint engourdi de la taille aux pieds, ce qui, ajouté à la façon dont elle était confuse et folle, rendait la situation un peu trouble et surréaliste. Il ne voulait pas que ça se termine, il ne voulait pas accélérer, mais la douleur picotant à la base de sa colonne vertébrale l'avertit qu'il n'allait pas durer éternellement. Il l'embrassa à nouveau, prenant sa bouche et attirant son attention. Il plongea aussi profondément que possible, la pressant contre le lit si fort qu'il grinça, son souffle se précipitant sur sa joue alors qu'il se penchait et glissait une main entre eux.

— Reviens pour moi. Une fois de plus. Serre-moi dans ta douceur jusqu'à ce que je ne puisse plus le supporter.

Il appuya sur son clitoris au rythme de ses poussées. Pam agrippa son cou dans une poigne mortelle, et quand elle gémit de plaisir, il ferma les yeux et s'enfonça. Encore et encore alors que son corps l'agrippait, des vagues convulsives autour de lui. Il ne tenait son contrôle qu'à un fil. Puis, sa bouche brûlante et ses lèvres chercheuses se refermèrent sur son cou, et elle le mordit.

Il explosa dans ses profondeurs.

6

———————

ésolé les gars, je n'ai rien obtenu d'utile de Jared. TJ était très intelligent – tout ce qu'il a dit à Jared était qu'il prévoyait de prendre ses vacances un peu plus tôt et qu'il ne voulait pas laisser l'excursion en plan, Jared pourrait-il le remplacer pendant quelques jours ? Il ne sait rien de plus.

Trouvez Shaun. C'est lui qui les a enlevés. Vérifiez la cabane de Granite Lake, vérifiez les lieux de rencontre habituels. Je suis coincé à m'occuper de cette réservation. Quand je trouverai ce garçon, je l'écorcherai vif. Robyn, tu as dit que tu voulais un nouveau tapis pour le salon, c'est ça ?

Keil

~

Le bonheur.

Pourquoi n'avait-elle jamais fait cela auparavant ? L'adoration pour un gars un peu plus jeune était géniale. Elle sortait avec des hommes plus âgés en pensant qu'en étant plus matures, ils connaîtraient mieux les parties roses d'une fille, mais TJ ?

Wouah, Nelly, le gars était talentueux.

Il utilisait ses doigts à son meilleur avantage. La nuit dernière avait basculé, et elle ne se rappelait pas exactement quand elle s'était endormie. Quelque part entre leur troisième et quatrième chute sur le lit, les choses étaient devenues floues, ses mains dans son dos alors qu'il massait son corps nu ce matin était une image très claire.

Bonheur.

Ou y avait-elle déjà pensé ?

Il pressa plus fort, ses pouces s'enfonçant dans les muscles tendus du bas de son dos et elle gémit.

— Oh ouais, juste là.

— Hmm, la belle au bois dormant se réveille. Je me souviens que tu as beaucoup dit ça hier soir.

— Oh, oui ?

— Et le « juste là ». Tu es très vocale au lit. J'aime ça.

Il l'embrassa sur la joue et s'allongea à côté d'elle, la chaleur de sa peau nue la couvrant à la place de la couette.

— Je ne vois aucune bonne raison d'être timide.

Il la regarda avec l'expression étrange.

Elle s'appuya sur un coude.

— Quoi ?

— Comment te sens-tu ?

— Bien baisée.

Il fronça les sourcils et la toisa pendant une minute.

— Suis-je censée ressentir autre chose ? Tu es vraiment un bon amant, TJ. Je suis heureuse comme tout, enfin, je le serais si tu revenais à ce que tu faisais il y a une minute.

Elle capta un éclair de tristesse dans ses yeux, mais aussi curieuse que cela la rende, une profonde introspection avant de se brosser les dents n'était pas prévue.

— Hé, tu m'as dit qu'il y avait une douche ?

Il embrassa son nez avant de s'asseoir et de reprendre ses gestes magiques sur son corps.

— Massage d'abord. Tu peux te doucher pendant que je prépare le petit-déjeuner. Le chauffe-eau est un système à allumage rapide, et j'ai allumé la pompe la nuit dernière. Avec un lac plein d'eau et la génératrice au propane, tu peux prendre une douche aussi longue que tu le souhaites.

— Cet endroit n'est pas aussi rustique qu'il y paraît.

— Seulement le meilleur pour toi.

Elle rit.

— Tellement heureuse que tu aies eu mon confort à l'esprit lorsque tu m'as enlevée.

Elle s'allongea pour profiter de ce que la journée lui réserverait.

Ils s'assirent face au lac tandis qu'une délicieuse sensation de fatigue parcourut ses membres. Excursions privées par *Kidnappers R Us* pour la victoire.

— À part le fait que je reprends la cuisine, cette journée a été incroyable. J'ai adoré le canoë et la randonnée jusqu'au belvédère était fabuleuse.

— Désolé pour les sandwichs au fromage grillé au déjeuner.

— Hé, un peu de carbone c'est être bon pour le système, non ? Ça le nettoie.

TJ lui sourit en lui touchant les cheveux. Il avait fait ça toute la journée. Caresser sa joue, lui tenir la main. Même avec lui agissant comme une sorte de harceleur étrange, elle ne pouvait s'inquiéter. Tout était si innocent et si tendre.

— Je suis très reconnaissant de ta compréhension envers moi... eh bien...

— L'enlèvement ? Oublie. J'ai essayé de m'énerver, mais quelque part vers le quinzième orgasme, toute ma capacité à paniquer s'est envolée.

— Tu n'es pas venue tant de fois.

— Eh bien, alors, tu ferais mieux de t'occuper, n'est-ce pas ?

Il s'approcha, passa un bras derrière elle et la laissa s'appuyer contre lui.

— Ce soir. En ce moment, profite de la vue.

— Tu ne regardes même pas autour de toi.

Pam rougit. L'homme ne la quittait des yeux.

— Tu regardes encore.

— Je sais.

— C'est très flatteur.

TJ tira sa tête contre sa poitrine et elle se détendit, le laissant supporter son poids alors qu'ils regardèrent le soleil approcher du sommet de la montagne. Sous son oreille, son cœur battait régulièrement, et la berçait.

— Tu penses que tu aimerais vivre dans le nord ? demanda-t-il.

Elle y avait pensé, mais déménager n'était pas pratique.

— C'est joli, mais mon travail est dans le sud. Je dois me préparer à former un nouveau partenaire.

— Partenaire ?

— GRC, tu te souviens ? Mon partenaire a pris sa retraite et je vais devoir recommencer le processus.

Elle soupira.

— Damon était génial. Il me manque beaucoup.

Une étrange toux étouffante secoua TJ.

— Damon ?

— Oui. Nous étions inséparables. Même les nuits les plus froides se passaient bien parce qu'il me réchauffait.

TJ se tendit sous elle et Pam se tourna vers lui. Son

visage était rouge vif et ses lèvres bougeaient, mais aucun son ne sortait.

— Ça va ?

Il secoua la tête et s'éclaircit la gorge plusieurs fois.

— Ça ira. Jamais une femme ne m'a parlé d'un vieil amant comme celui-ci, alors que nous...

— *Amant* ? Qu'est-ce que... ? Oh, merde. Un rire éclata. Au moment où elle retrouva son sang-froid, son estomac lui faisait mal et elle était à bout de souffle.

Cela n'aida qu'à chaque fois qu'elle regarda TJ, son expression la fit repartir.

— Désolée... je ne veux pas être impolie. Oh, mon Dieu, tu te moques de moi. Tu ne savais pas ? Damon était mon partenaire, mais c'est un chien.

— Oui, c'est mon opinion.

— Non, sérieusement, c'est un berger allemand. Je suis maître-chien pour la Gendarmerie royale du Canada. Division des stupéfiants, et je bosse aussi dans la recherche et le sauvetage en cas de besoin.

— Tu es un maître-chien ?

Il se laissa retomber sur la couverture, les bras écartés sur le côté.

Pam rampa plus près, posant sa tête sur sa poitrine. Il y avait quelque chose de très confortable dans la position.

— Je sais, c'est un peu une surprise, mais je ne sais pas pourquoi tu penses que c'est un travail si étrange. Cela a été une excellente façon de s'impliquer dans la GRC et de continuer à aimer travailler avec les animaux. J'ai fait la formation en tant que vétérinaire, mais cela n'a pas fonctionné.

TJ la fit rouler, se penchant près de son cou, et l'anticipation croissante qu'elle attendait autour de lui la saisit à nouveau. Il parlait doucement, l'air entre ses lèvres taquinant son oreille.

— Je pense que c'est un travail fabuleux, et je parie que tu es géniale. Tous les chiens doivent organiser des concours pour déterminer qui t'aura comme partenaire.

— la blague

— Je dis juste...

Elle gloussa puis fit éclater un énorme bâillement. Quelle journée incroyable. TJ emmêla ses doigts dans ses cheveux pour la caresser et la câliner, et elle enroula ses bras autour de son cou pour l'encourager à se rapprocher.

Il comprit l'allusion et l'embrassa. Avec lenteur et minutie. Merde, il avait bon goût. C'était comme s'il savait exactement dans quel genre d'humeur elle était. Fatiguée par leur journée bien remplie, elle se sentait rêveuse et douce, et c'est ainsi qu'il l'embrassa.

Ses yeux brillèrent, les centres sombres l'hypnotisèrent.

— Aussi agréable que cela puisse être, je dois m'assurer d'avoir correctement attaché le canot. J'ai un peu peur d'avoir oublié, et je ne veux pas avoir à aller nager demain pour le trouver.

— Tu veux que je vienne avec toi ?

— Tu peux, ou tu peux rester ici. Je ne serai absent qu'une minute.

Elle lui fit signe de partir pendant qu'un autre bâillement s'échappait de sa bouche. Elle s'allongea sur la couverture. Oh ouais, elle était satisfaite de ces vacances. Six jours de plus ? Ils devraient penser à obtenir une prolongation.

Elle couvrit ses yeux avec son bras et inspira profondément. L'air pur emplit ses poumons d'une nouvelle énergie. Elle se demanda quels nouveaux tours ils pourraient faire ce soir. Peut-être, faire l'amour devant le feu ?

Quelque chose à l'intérieur s'arrêta. Depuis quand appelait-elle cet acte faire l'amour ? Le sexe était le sexe.

Prendre soin de son partenaire, s'amuser, puis passer à autre chose.

Un bruissement dans les arbres voisins la fit s'asseoir, et elle surveilla attentivement les origines potentielles de ce bruit. Ils n'avaient pas encore repéré d'animaux sauvages, et c'était une chose qu'elle espérait changer avant de rentrer chez elle.

Elle se leva pour avoir une meilleure vue. Un buisson bougeait. Quelque chose de petit. Le bruit du reniflement parvint à ses oreilles et elle hésita.

Cela ne ressemblait pas à un cerf ou à un caribou ou à un autre végétarien à quatre pattes. La tête qui avait surgi de la forêt était brune avec des stries de gris. Une patte de la taille d'une assiette suivit une autre et Pam se figea de terreur.

Un ours.

Oh, mon Dieu, qu'était-elle censée faire ? Elle s'était creusé la tête pour la séance d'entraînement qu'elle avait suivie sur les rencontres avec des ours, mais c'était il y a longtemps. *Je dois rester immobile. Il ne peut pas me voir si je ne bouge pas.*

Non, attendez, c'est ce qu'on est censé faire pour un T-Rex.

Il y avait encore une bonne distance entre elle et l'ours, alors elle recula d'un pas prudent. La tête de l'animal pivota dans sa direction et renifla plus fort.

Pam serra les dents pour les empêcher de claquer.

L'animal se dressa sur ses pattes arrière, flairant l'air. Il la renifla deux fois.

Elle fit un autre pas en arrière et parla doucement.

— Va-t'en. Je suis humaine. Je ne suis pas du tout intéressante.

Oh putain, *putain, putain,* TJ, c'est un moment pourri

pour se promener. Elle aurait pu jeter un coup d'œil par-dessus son épaule pour voir s'il y avait de l'action au bord du lac la tenta, mais cela aurait nécessité de quitter l'ours des yeux et c'était physiquement impossible.

La bête vacilla, le haut de son corps se balançant d'un côté à l'autre pendant une seconde avant de tomber soudainement à quatre pattes, et avec un grognement énervant, il se précipita sur elle. Elle cria, l'adrénaline jaillissant dans ses veines.

Elle chercha frénétiquement autour d'elle un bâton ou une pierre ou quoi que ce soit pour se défendre, mais il n'y avait rien à portée de main, et en plus, ses membres étaient gelés de terreur.

Un flou de fourrure argentée passa devant elle par-derrière. Elle trébucha en arrière et jura en identifiant un corps ressemblant à un chien se précipitant vers l'ours. Son agresseur s'arrêta brusquement et grogna, ses dents grinçant ensemble avant de se retourner.

Il disparut dans la brousse avec fracas, le loup à ses trousses. Un hurlement retentit. Son protecteur s'arrêta à la limite des arbres avant de faire les cent pas pour s'asseoir à une courte distance de ses pieds.

Pam enroula ses bras autour d'elle pour empêcher les tremblements de prendre le dessus alors même qu'elle regardait l'animal.

Comment est-ce possible ?

— Wolfie ?

7

———

K *eil*

Granite Lake est vide. Il n'y a aucun signe de lui à aucune des retraites d'été de la meute. Nous avons même vérifié les cabanes de piégeage des vétérans et n'avons rien trouvé. Quant à Shaun, il a effectué une course de ravitaillement vers le nord jusqu'à Old Crow, puis a garé l'hélicoptère et a déclaré qu'il prenait une semaine de vacances. Les habitants l'ont vu se diriger vers la brousse avec un sac à dos. On dirait qu'il est le seul à savoir où se trouvent Pam et TJ, et il s'assure qu'aucun Alpha ne peut le contacter et lui ordonner de renverser la tendance.

J'ai découvert que quelques autres célibataires de la meute avaient préparé un colis alimentaire pour TJ. Il a dû quémander des faveurs à tous ses copains. Tout ce qu'ils peuvent dire, c'est que TJ a demandé de l'aide, et personne ne la lui a refusée.

D'ailleurs, Maggie a envoyé un texto. Elle a dit que tu n'avais pas à t'inquiéter que Pam nous poursuive, mais tu n'aurais peut-être pas la chance d'écorcher TJ. Pam est capable d'asséner son propre châtiment. Te souviens-tu qu'elle est membre de la GRC ? Tu vas faire une crise cardiaque quand tu entendras la division dans laquelle elle travaille.

Robyn.

~

MERDE.

Merde.

Pam allait le tuer. Et après ça, Keil allait arracher sa fourrure et l'utiliser pour fabriquer des manteaux.

À mi-chemin du lac, il avait repéré l'ours qui se cabrait devant elle. Il essayait probablement de comprendre ce qu'elle était — les ours avaient une vue pourrie — mais il n'était pas sûr que Pam sache qu'il voulait capter son odeur.

Et même s'il n'y avait aucune raison pour qu'il attaque vraiment, il ne pouvait pas risquer son incompréhension s'il faisait une fausse ruée vers l'avant. Son loup exigea qu'il agisse, et avant qu'il ne s'en rende compte, il s'était déshabillé, se changeant en courant pour convaincre le vieux Bruin de se lancer dans une autre parcelle de baies.

TJ se dirigea lentement vers Pam qui regarda autour d'elle avec confusion. Elle cria son nom plusieurs fois.

— TJ ! Espèce d'idiot, ramène tes fesses ici.

C'était une putain de maîtresse chien. Comment était-il censé lui parler ?

Pour la millionième fois, il souhaita qu'ils soient complètement accouplés comme des loups de sang pur. Qu'il puisse parler à son esprit et lui faire entendre sa voix.

— D'accord, tu ressembles au loup de compagnie que j'ai rencontré chez Maggie. Mais c'est impossible.

Il se figea. N'importe quoi pour qu'elle soit plus à l'aise.

— Merde, tu n'es pas censé être éduqué. Comment es-tu arrivé là ? Viens.

Elle claqua des doigts, et TJ trottina à ses côtés alors

qu'elle continua d'appeler vigoureusement son nom en direction du lac.

Son débat interne continua. S'il courait dans les arbres et reculait derrière la cabane, il pourrait changer et faire semblant d'y avoir été tout le temps. Cependant, cela expliquerait son absence, mais pas la présence du « wolfie », et ce serait un mensonge.

Il ne voulait pas lui mentir, continuer la tromperie. Il brûlait de tout lui dire, et il prit sa décision. Il allait lui montrer.

C'était peut-être trop tôt. Mais... ils s'étaient bien entendus, non ? Il serait sûrement préférable d'être honnête maintenant au lieu de se dévoiler plus tard et d'être tenaillé par ses mensonges. Elle poussa la porte et fouilla la cabane.

— TJ, mais où es-tu ?

Il lui bloqua le chemin quand elle voulut quitter la cabane, la poussant à la place vers le canapé.

— Arrête ça, je dois trouver TJ.

Il força le poids de son corps contre ses jambes pour la faire bouger dans la direction qu'il voulait, et soudain une douleur aiguë irradia son oreille, suivie de sa gorge. Elle l'étranglait.

— Reste.

OK, assez qu'elle lui donne des ordres comme à un chien. Il hésita pendant deux secondes avant de reprendre forme humaine.

LE RYTHME cardiaque de Pam oscilla autour de trois cents battements par minute. Il monta si haut lorsque l'ours apparut et resta à peu près à ce niveau jusqu'à ce que le putain de chien lui bloque le chemin.

Merde, elle avait besoin de sortir du bâtiment et aucun animal n'allait l'arrêter.

Bien sûr, sentir la fourrure sous son coude se transformer en peau humaine et découvrir qu'elle agrippait l'oreille d'un TJ nu perturba sa tension artérielle.

Elle le relâcha et cogna dans la porte.

TJ se leva et s'éloigna d'elle, ses mains tendues, mais pas menaçantes.

— C'est l'enfer ! C'est arrivé ! cria-t-elle.

Il craqua.

D'accord, peut-être que ses décibels étaient au-dessus des niveaux de sécurité, mais... putain.

— Je peux expliquer, insista TJ.

Pam eut le souffle coupé. Elle ne sut pas si elle allait vomir ou rire. Son estomac se retourna un peu plus, et elle aurait pu fermer les yeux, mais elle voulut s'assurer qu'elle savait où il se trouvait à tout moment.

— Commence maintenant. Et que ce soit bon.

TJ baissa les yeux sur son corps nu.

— Puis-je enfiler des vêtements ?

Elle acquiesça. Même en état de panique, elle le trouva attirant.

Il se tourna et disparut dans la chambre qu'ils avaient partagée la nuit dernière, ses fesses nues la taquinant.

Il s'était transformé en loup. Ce n'était pas possible.

TJ revint et fouilla dans la glacière, versa un verre de quelque chose et lui fit signe de s'asseoir sur le canapé. Elle dut se décoller de la porte.

— Tu prévois de...

Elle ne sut pas de quoi l'accuser. Il s'était transformé en un loup effrayant.

— Du jus d'orange. Les calories sont censées être bonnes pour les personnes qui ont eu un choc. Merde,

Pam, je suis vraiment désolé. L'ours n'allait pas te faire de mal. Je veux dire, je sais que ça a dû être bizarre de le faire courir comme ça, mais c'était du bluff, parce qu'à cette période de l'année, il serait plus intéressé par les baies. Il voulait juste t'effrayer, mais je devais quand même m'assurer que tu étais en sécurité, et je sais que c'est beaucoup à assimiler...

Il claqua les lèvres et fit signe avec le verre.

— S'il te plaît, tu te sentiras mieux.

Elle s'assit en face de lui et sirota le jus. Le bourdonnement dans ses oreilles s'estompa lentement et elle put à nouveau entendre. Il sourit quand elle posa le verre vide sur la table.

Il s'était changé en loup.

C'était en fait... extraordinaire. Totalement incroyable. Incroyable et effrayant à la fois.

— Donc, ce que tu as l'intention de me dire, c'est que dans ta vie secrète, tu es un loup de compagnie ?

Il éclata de rire, puis s'arrêta brusquement.

— Désolé, mais oh, mon Dieu, c'est drôle. Non, je suis un loup, mais pas un animal de compagnie. Je suis un loup et un humain, mais ce n'est pas comme si l'effrayant clair de lune me rendait fou et me faisait arracher des gorges, ou quoi que ce soit. Vraiment.

Pam résista en serrant ses jambes.

— Loup-garou ?

TJ pencha la tête d'un côté à l'autre.

— En quelque sorte ? Mais plus comme si j'étais un humain et que je pouvais *aussi* me transformer en loup. En fait, il n'y a pas d'étape intermédiaire.

Elle frissonna involontairement. Il se pencha en avant comme s'il comptait venir la rejoindre, et elle leva une main.

— Non. Juste... ne va pas trop vite, d'accord ? Je pense

que j'ai peut-être dépassé le point où je vais m'évanouir, mais tu dois me donner un peu de temps.

Il se rassit et croisa les mains sur ses genoux, l'expression pleine d'espoir qu'il arbora la fit renifler. Elle se leva et se dirigea vers la porte.

— Tu ne pars pas, n'est-ce pas ?

Il avait l'air paniqué et elle eut pitié de lui. Elle ne comprendrait jamais cela si elle courait.

— Non, mais je dois bouger. Dis-m'en plus.

— D'accord, sauf que... il n'y a pas grand-chose à dire de plus. Je peux me transformer en loup. J'ai toujours pu, depuis mes douze ans environ. Euh, nous sommes tout un tas, et nous...

— Maggie. Est-elle au courant de cela ?

TJ hésita.

— Pam, je vais être complètement honnête avec toi, mais tu dois promettre de ne pas paniquer.

Un rire s'échappa, un peu frémissant sur les bords.

— Je ne pense pas pouvoir le promettre, mais je vais essayer.

— Maggie le sait. Elle l'a toujours su, parce qu'elle est aussi un loup. Elle a épousé un loup. Mon frère est un loup. Sa femme est un loup. Heck, quatre-vingt-dix pour cent des Haines ont le gène du loup, soit du sang total, soit pour moitié. Ensemble, nous appartenons à la meute de Granite Lake, et nous avons une sorte de gouvernement et de hiérarchie et, eh bien, c'est parfois compliqué, mais généralement, c'est plutôt cool.

Pam s'arrêta de marcher et s'appuya contre le mur pendant une minute pour se calmer. Tout ce qu'elle avait toujours connu s'échappait. Elle devait donner un sens à cela.

Sa meilleure amie pouvait se transformer en loup et on

ne lui avait jamais rien dit ? Les énormes hommes magnifiques qu'elle vit au mariage étaient tous des métamorphes de loups ? Incroyable, et pourtant cela devait être vrai. La douleur enflait à l'intérieur, pas tellement de peur, mais à cause d'un manque de certitude. Une tristesse face à ce qu'elle pensait être la vérité.

Elle se tourna vers TJ. L'inquiétude était inscrite partout sur lui, dans l'étroitesse de ses épaules, dans l'expression de son visage. Il secoua lentement la tête.

— Je suis désolé. Je ne voulais pas te blesser comme ça. S'il te plaît, s'il te plaît, n'aie pas peur. Je ferai tout ce qui est en mon pouvoir pour l'améliorer. N'importe quoi. Pose autant de questions que tu veux, je jure que je te dirai tout. La seule chose que je ne ferai pas, c'est de laisser quiconque faire du mal à ma famille.

Elle fit tout de travers. Il l'avait kidnappée, et elle avait ri et couché avec lui. Et là, il lui révélait qu'il était parfois une bête sauvage, et elle était impuissante : elle ne pouvait s'empêcher d'accepter son étreinte.

Elle le serra fort, enroulant ses bras autour de son torse et posant sa tête sur sa poitrine. Il lui massa le dos en faisant des cercles lents et réguliers. Sous son oreille, son cœur battait, le pouls constant était rassurant et régulier. Il ne dit rien, la laissa s'imprégner de sa chaleur, du confort de sa présence.

Au milieu de son monde basculant, il lui offrit l'équilibre.

Elle prit une profonde inspiration, instable et saccadée, et il jura.

— Ça va aller. S'il te plaît, fais-moi confiance. Rien de mal ne t'arrivera. Je vais m'assurer que tout fonctionne.

Il lui releva le menton et la fixa avec compassion.

Elle essaya de sourire.

— C'est de plus en plus facile à accepter, mais je vais tellement botter les fesses de Maggie la prochaine fois que je la verrai.

Il se pencha vers elle, ses intentions claires, et elle retint son souffle. Voulait-elle l'embrasser ?

— Pam ?

Plus que nécessaire. Elle leva la bouche vers lui et il l'embrassa prudemment. D'un geste doux, il essuya les larmes qui remplirent ses yeux quand son monde plongea dans le chaos.

Il passa un doigt sur sa joue.

— Maggie a une histoire, mais c'est à elle de la partager, pas à moi. Elle a toujours dit que tu étais sa meilleure amie dans le monde entier et qu'elle t'aime énormément. Elle n'a jamais gardé de secrets pour te faire du mal.

Elle acquiesça.

— As-tu d'autres bombes à lâcher ? Par exemple, est-ce que boire l'eau du Yukon va me permettre de me transformer ou autre ?

La douleur traversa son visage.

— Non, j'ai peur que ça ne fonctionne pas comme ça.

Il l'embrassa sur le front.

— Malheureusement, il y a encore une chose que je dois te dire, et ce sera probablement une autre révélation. Tu la veux avant ou après le souper ?

Il la relâcha et elle alla au lavabo pour s'asperger le visage. Plus de mystères ? Son cœur n'en pouvait plus.

— Est-ce vraiment important ?

Il acquiesça.

— Tu devrais t'asseoir.

Oh, merde.

— C'est si mauvais que ça ?

— Je promets de devenir mon loup après et tu pourras encore me tordre l'oreille si ça te fait du bien.

Il soupira puissamment.

— Garde ton sens de l'humour, tu pourrais en avoir besoin.

Elle s'assit et il se laissa tomber sur le sol à ses pieds. Son expression était sérieuse et inquiète, si différente de ce qu'elle avait vu en lui ces derniers jours.

— Hé, où est passé ce gars léger qui me fait sourire ? Tu peux te transformer en loup. Ce n'est pas la fin du monde, sauf si tu me donnes des puces. Je déteste devoir faire face à des infestations de puces.

Il prit ses mains dans les siennes et les porta à ses lèvres, embrassant tendrement ses jointures.

— Pas de puces... mais quelque chose d'un peu plus permanent. Est-ce que je t'ai dit que nous avions une sorte de gouvernement ? Mon grand frère, Keil, est le chef de la meute de Granite Lake.

— Vraiment ? C'est plutôt cool. En quoi est-ce un problème ?

— Eh bien, ce n'est pas le cas, mais c'est l'Alpha puisqu'il est le loup le plus fort qui soit. Il y a ces règles tacites qui font foi dans une meute, basées sur nos loups. Keil et sa femme, Robyn, tu te souviens d'elle ? Ils sont au sommet de la meute. Eh bien, l'une des autres choses que nos loups décident, c'est...

Il secoua lentement la tête et porta sa main à son oreille.

— Tiens. Tu peux aussi bien la saisir maintenant.

Comment pouvait-elle rester en colère après lui ? Elle rit et se pencha en avant pour lui donner un baiser, passant ses doigts dans ses cheveux. La sensation la distraya.

— C'est ce que tes cheveux me rappelaient.

— Quoi ?

Elle les caressa à nouveau, se délectant de leur douceur. Tellement apaisant au toucher. Le caresser, être proche de TJ la rendait heureuse à l'intérieur, éclairant tous les coins sombres.

— Ta fourrure. La nuit où tu as dormi avec moi sous ta forme de loup, je me suis endormie en te caressant. C'est ce que tes cheveux sentent. Si doux.

Il frissonna.

— Si tu continues de me toucher comme ça, je ne vais jamais sortir ça.

Elle immobilisa ses mains.

— Dis-moi. Ce n'est pas comme si tu allais me rendre aveugle.

— Nous sommes partenaires.

Elle s'arrêta.

— Nous sommes les meilleurs amis du monde. Peu importe ce que tu dis. Maintenant, donne-moi le reste des nouvelles parce que paniquer m'a donné faim.

Il secoua sauvagement la tête.

— Non, tu ne comprends pas. Des partenaires, comme dans la façon dont un loup prend une compagne. Tu connais les chiens, tu dois en savoir un peu plus sur les loups. Nous avons beaucoup de caractéristiques en commun avec les loups, et tout comme il y a un loup alpha et un loup oméga, nos loups choisissent notre compagne et ils la choisissent pour la vie. Toi, moi. Mon loup t'a choisie.

TJ REGARDA LE FEU. Il était bien trop tôt pour se lever, mais bien trop tard pour être encore éveillé. Après sa petite révélation qui changea sa vie, Pam rassembla les ingrédients d'un sandwich puis se retira dans la chambre pour « avoir un peu d'espace pour réfléchir ». Il s'installa pour attendre et voir quel serait le verdict.

Il avait tout foutu en l'air. Tout.

Merde, pourquoi avait-il imaginé, ne serait-ce qu'un instant, qu'emmener Pam dans la brousse contre son gré rendrait les choses plus faciles ?

Du temps seul, d'accord. Il poussa les bûches et regarda les étincelles voler vers le haut en signe de protestation. C'est ce qu'il avait maintenant, du temps seul. Juste lui et le canapé, bosselé et inconfortable, et il dormirait dessus la semaine prochaine sans se plaindre si Pam leur donnait une chance.

Il dormirait dessus pour toujours si elle le lui demandait.

Le parquet grinça dans la chambre et il se leva en hâte, fixant la porte dans l'espoir qu'elle sortirait. Le plus bizarre, c'est qu'il pouvait sentir où elle se trouvait — et ce qu'elle ressentait — juste un peu. Son frère avait expliqué une fois comment fonctionnait la connexion entre lui et sa compagne Robyn. Bien que ce ne soit pas aussi fort que Keil l'avait décrit, c'était assez vif pour donner à TJ une toute petite fraction d'espoir à laquelle s'accrocher.

Peut-être qu'il y aurait plus dans leur relation d'accouplement qu'il ne l'aurait imaginé.

Elle s'était royalement énervée contre lui après s'être barricadée dans la chambre, et il encaissa le coup. C'était la confusion qui suivit et les larmes peu de temps après qui avaient failli lui faire ignorer sa demande et enfoncer la porte, parce qu'il savait qu'il pouvait la réconforter.

Qu'il avait *besoin* de la réconforter.

Maintenant, il se tenait aussi immobile que possible, essayant de trouver un moyen de se connecter avec elle. Ils avaient fait l'amour, ça devait compter. Malgré le satané préservatif, il devait y avoir un lien pour les aider à traverser ce début difficile.

Elle ne dormait pas, et elle n'était pas en colère. Un calme égal l'accueillit, et c'était lui qui était confus, désormais.

Calme ? Après tout ce qu'il lui avait lancé ces derniers jours ?

Putain de merde, elle était la personne la plus intrigante qu'il ait jamais rencontrée, et là, à ce moment-là, tous ses doutes disparurent.

S'il devait tourner le dos à sa famille pour être avec elle, il en serait ainsi. Il déménagerait vers le sud, trouverait un travail. Il devrait encore se transformer en loup de temps en temps, mais il trouverait un moyen de le faire où qu'elle soit. Il la courtiserait comme il se doit, et finalement elle l'accepterait, sinon comme amant, du moins comme ami.

Cela tuerait une partie de lui, mais être avec elle en valait la peine.

La porte s'ouvrit d'un pouce et leurs regards se rencontrèrent. Il se mordit la lèvre. *Laisse-la décider.* Ses cils étaient encore humides de ses larmes précédentes et quelque chose lui déchirait le ventre. Sa résolution vacilla.

OK, ne pas réconforter sa compagne ? Là, ça craignait.

— Pouvons-nous parler ?

TJ hocha la tête si rapidement que sa vision se brouilla. Pam ouvrit plus grand la porte. Il détourna son regard de l'endroit où le T-shirt surdimensionné qu'elle portait couvrait à peine le haut de ses cuisses. Ce n'était pas le moment de se laisser distraire, même si sa compagne affaiblissait ses genoux.

— Voilà l'affaire. Je sais que tu ne mens pas en disant que tu es un loup. Je l'ai vu.

Un début prometteur.

— Je crois aussi que tu es fou, de la manière la plus douce possible.

Là, ça ne sonne pas aussi bien. Il fallait faire preuve d'indulgence...

— Dis-moi ce que tu veux que je fasse pour résoudre ce problème. Si tu le souhaites, je vais passer à mon loup et courir jusqu'à ce que je trouve un endroit avec un téléphone. Il me faudra un certain temps pour m'organiser, mais je suis sûr que je peux trouver un moyen de te ramener à la maison plus tôt.

Elle renifla.

— Tu ne t'en sortiras pas aussi facilement, mon pote.

Pam s'avança à ses côtés et l'attrapa par le col. Elle le regarda de haut en bas et son espoir évanoui revint à la vie.

— Tu m'as promis sept jours d'aventures dans la nature, avec beaucoup de sexe torride en plus.

— Qu'est-ce que tu dis ?

Il pouvait à peine respirer.

— Eh bien, à part que tu dois m'offrir du sexe torride, je t'oblige à respecter ton engagement. Mais tu as maintenant un défi supplémentaire. Tu dis que nous sommes « partenaires ». Bien. Tu as jusqu'à la fin de la semaine pour le prouver.

8

Les deux dernières heures avaient été une véritable agonie : Pam se battait avec elle-même pour choisir la bonne chose à faire ensuite.

Première étape : se faire enlever par un inconnu virtuel ? *Fait*.

Deux : oublier complètement toutes les règles de sécurité et coucher avec ledit kidnappeur ? *Fait*.

Trois : est-ce que le gars pour qui elle développait des sentiments ambigus se transformait en animal sauvage devant elle, puis suggérait qu'ils étaient censés être ensemble pour le reste de leur vie ? Une fois que vous aviez coché cette case, qu'est-ce que vous étiez censés faire ensuite ?

C'était vrai. Elle l'avait vu changer – c'était une réalité à laquelle elle devait faire face, peu importe à quel point son esprit se rebellait à cette pensée. Des cris ou des gémissements ne feraient rien avancer.

La logique a toujours été la meilleure chose sur laquelle se rabattre. La logique, et une batte de baseball.

TJ se balança sur ses pieds, ses mains se tordant jusqu'à ce qu'il les fourre dans ses poches.

— Tu ne veux pas que je nous ramène à Haines ?

Elle secoua la tête.

— Si nous rentrons maintenant, cela ne répond plus à mes questions, n'est-ce pas ? Une fois que nous aurons retrouvé la civilisation, nous aurons quelques autres problèmes à régler.

La grimace de TJ était parlante. Oui — cette hiérarchie qu'il avait mentionnée en passant — elle pariait qu'il était en haut du ruisseau sans pagaie.

Son grand frère était responsable ? En repensant à la façon dont tout le groupe l'avait travaillée lors de la cérémonie de mariage, elle soupçonnait qu'il y avait quelques roues bien graissées en jeu. Qui savait quelles règles étranges TJ avait enfreint ? Quelqu'un était sans aucun doute à leur recherche.

Mais c'était sa vie, et ce serait elle qui prendrait les décisions. Pas un frère aîné bien intentionné, ni même Maggie, même si Pam soupçonnait que sa meilleure amie pouvait répondre à quelques questions.

En dépit de la poussée d'adrénaline qui l'avait envahie pendant la majeure partie de la soirée et de la nuit, ou peut-être à cause d'elle, un énorme bâillement la submergea.

— Arrêtons ça une nuit et demain je ferai de mon mieux pour te montrer... eh bien, je te montrerai comment ça fonctionne. Chaque fois que tu as des questions, tu demandes. Je te promets que je ne te cacherai rien.

— Tenir ta langue ne semble pas être le problème, TJ.

Pam couvrit sa bouche alors qu'un autre bâillement la frappait. Il était plus de deux heures et définitivement l'heure de dormir.

Elle se retourna et entra dans la chambre. Le froid dans

l'air l'encouragea à plonger sous la couette. Elle tapota les oreillers plusieurs fois en essayant de s'installer confortablement quand elle comprit qu'elle était seule. Elle s'assit pour voir TJ la regarder d'où il se tenait toujours dans le salon.

— Tu ne viens pas ?

— Tu veux que je couche avec toi ?

Il passa une main dans ses cheveux.

— D'accord. Je veux dire, je veux te rejoindre, mais...

Il s'avança lentement, s'accroupissant à côté du lit. Ses longs doigts caressèrent soigneusement une mèche de cheveux de son front et son contact la fit frissonner.

— Pam. Tu veux que je prouve que nous sommes partenaires, alors voici la première démonstration. Je pense que coucher avec toi maintenant serait une erreur. Tu es toujours sous le choc, et bien qu'il y ait cette incroyable attraction physique entre nous parce que nous sommes partenaires, si quelque chose arrive sexuellement, tu vas le regretter. Pourtant, tu as besoin d'être réconfortée en ce moment, et voici donc le mieux que je puisse faire.

Il l'embrassa tendrement sur le front puis se dirigea vers le côté opposé du lit. Il tourna le dos et enleva sa chemise, la jetant sur une chaise à proximité.

La lumière pâle du feu mourant s'infiltrait par la porte ouverte, brossant des reflets délicats le long des crêtes solides de son corps. Pam aspira de l'air. Il était tout simplement magnifique. La façon dont il bougeait la perturbait, même lorsqu'il n'attirait pas l'attention sexuelle sur elle.

Avec un énorme sourire, il tomba à genoux.

— La façon dont tu me regardes me fait frissonner. Je reviendrai quand tu auras besoin de moi demain matin.

Bien qu'elle regardât aussi attentivement que possible, elle ne comprit pas comment il fit. Une minute, il était un humain, se penchant au ras du sol, et la suivante c'était un magnifique loup qui sauta sur le lit à côté d'elle. Il la frappa avec sa tête, soufflant de l'air chaud de ses narines alors qu'il frottait son nez contre son cou.

Il lui lécha la joue de la mâchoire à la tempe, une longue traînée lente qui la fit rire. Ils s'installèrent ensemble, ses bras enroulés autour de lui, ses doigts emmêlés dans sa fourrure pour le tenir près d'elle.

Une boule de peur qu'elle avait niée se glissa de l'intérieur de son ventre et se désagrégea.

Comment avait-il su ? Elle avait besoin de prendre les choses en main et de faire en sorte que cela fonctionne. Et, oui, elle craquait pour lui. Mais ça ? Elle caressa sa fourrure et il laissa échapper un grondement, doux et bas. Il rayonnait de calme, roulant prudemment pour éviter de la cogner trop fort.

Après avoir fermé les yeux, elle fut entourée d'une forte sensation de paix.

TJ ÉTAIT ENCORE sous forme de loup quand ils se réveillèrent, et son enthousiaste baiser du matin la fit rire jusqu'à en avoir mal au ventre. Son cœur lui faisait un peu mal, car c'était ainsi que Damon la saluait – avec un claquement de langue humide qui la poussait à se mettre à l'abri alors qu'il la poursuivait autour des draps emmêlés.

Merde, son nouveau petit ami lui rappelait son chien. Cela ne pouvait pas être bon.

Elle le repoussa suffisamment pour pouvoir s'asseoir. Il posa son menton sur sa cuisse, ses grands yeux magnifiques la fixant sans cligner. Elle avait dormi comme un loir, son corps chaud et poilu pressé contre son flanc, réconfortant et rassurant.

— Bonjour, TJ.

Il inclina la tête sur le côté, ses yeux pétillants vers elle. Une oreille remua et elle jura qu'il soupirait de contentement. Il était si mignon.

— Je vais sous la douche, tu pourras me dire ce que tu as prévu pour aujourd'hui.

TJ sauta du lit et se dirigea vers la porte ouverte, la laissant seule dans la chambre. Elle enleva sa chemise de nuit et attrapa ses affaires.

Partenaires. Loups-garous. Le sentiment de calme et de contentement qu'elle avait ressenti se dissipa un peu. Comment se faisait-il qu'elle n'ait pas crié et ne se soit pas enfuie après s'être réveillée avec un loup dans son lit ?

Parce que c'était bien ?

La douche ne fut pas assez chaude pour laver le reste de son malaise. Pourtant, elle offrit à TJ le temps de prouver son point de vue. Non pas qu'elle eut vraiment le choix de sortir du désert sans son aide.

Lorsque ses doigts et ses orteils se ridèrent, elle abandonna l'eau pour affronter ce que la journée lui réserverait.

Elle frotta une serviette sur ses cheveux en le rejoignant à la table de la cuisine.

Les bagels grillés n'étaient que légèrement brûlés. Un TJ pleinement humain lui versa une tasse de café et lui passa le récipient à sucre, ses cheveux humides dressés en pointes.

— Où as-tu pris une douche ?

Il désigna la fenêtre.

— Dans le lac.

Pam frissonna.

— Tu plaisantes ! L'eau est glaciale.

— Il fait trop froid pour moi dans ma forme humaine, mais mon loup s'en fiche un peu.

Elle prit une longue gorgée de son café, laissant la

chaleur l'envahir. C'était peut-être une solution pratique, et elle fut reconnaissante que ce soit lui dans le lac et pas elle.

Il lui tendit un bloc-notes.

— Nous avons tous pris l'habitude de transporter du papier lorsque nous devons parler avec Robyn et que notre langue des signes n'est pas maîtrisée. Pendant que tu prenais ta douche, j'ai pris quelques notes pour me distraire.

— Te distraire ?

Son regard descendit d'un côté d'elle et de l'autre, et soudain la pièce devint beaucoup plus chaude.

— Tu étais nue sous la douche. Je t'imaginais là-dedans...

Leurs yeux se rencontrèrent et Pam avala le morceau de bagel coincé dans sa gorge. Oh, Seigneur, dans quoi s'était-elle embarquée ? Elle le fixa, les flaques sombres de ses yeux l'incitant à plonger.

Il appuya sur le bloc-notes et rompit la connexion.

— Conformément aux ordres, j'ai des activités d'aventure prévues pour chaque jour, mais j'en ai ajouté. Cette liste répertorie les choses qu'il est normal que les compagnons loups vivent les uns avec les autres. J'ai pensé que nous pourrions nous frayer un chemin à travers certaines d'entre elles – en quelque sorte voir comment les choses se passent, et participer aux activités auxquelles tu t'es inscrite à l'origine.

Il se pencha en avant et lui prit la main, son expression passant du flirt à la contrition.

— Une fois de plus, je suis vraiment désolé de ne pas t'avoir demandé tout de suite si tu voulais t'impliquer avec moi. J'aurais dû faire les choses différemment.

Waouh. Des excuses non sollicitées ? De la part d'un mec ? Pam resta assise une minute sans savoir quoi dire.

— D'accord.

Elle jeta un coup d'œil au papier. Il avait dessiné cinq cercles sur la page, les chevauchant au milieu comme une marguerite mal formée. Des mots appariés remplissaient chaque cercle.

Lien mental.

Attraction chimique.

Connexion physique.

Attachement émotionnel.

Intérêts complémentaires

Pam hésita. Il prenait ça au sérieux.

— Attrait chimique ? N'est-ce pas la même chose que la connexion physique ?

TJ secoua la tête.

— Pas du tout. L'un mène à l'autre, mais je peux t'assurer qu'ils sont très différents.

Il caressa sa joue avant de mettre ses cheveux derrière son oreille.

— Celui-ci pourrait être difficile à prouver – putain, ils vont tous être durs, mais celui-ci pourrait être le plus loup. Je devine un peu, car je ne sais que ce qu'on m'a dit sur les expériences des loups. Tu es humaine...

Il haussa les épaules.

— Donc, tu ne sais pas exactement ce que tu essaies de prouver ?

Ses yeux clignotèrent.

— Oh, je sais exactement ce que je vais prouver. Que toi et moi appartenons ensemble, sans aucun doute.

Pam recula légèrement sa chaise, se sentant piégée par son intensité. Elle attrapa le bloc-notes et le tint entre eux, aspirant de l'air dans ses poumons pour calmer le sang qui la parcourait.

— D'accord, chimique. Bref, qu'est-ce que ça veut dire ?

TJ prit une inspiration lente et profonde et gémit.

— Je ne pourrai jamais faire ça sans devenir dur. D'accord, ce que cela signifie, c'est que tu sens bon. Je ne parle pas de ton parfum ou de ton savon, mais de toi.

Il ferma les yeux et agrippa fermement la table.

— Rien que ton odeur me donne envie de venir te chercher, de te porter au lit et de te faire l'amour pendant des heures.

Pam frissonna, des images érotiques défilant dans son esprit.

Il ouvrit les yeux.

— Mais cela me donne aussi envie de m'asseoir à côté de toi pendant des heures et de t'écouter me parler de ta nourriture préférée, de ta journée au travail et des anecdotes à propos de ton enfance.

Son estomac se serra avant qu'elle ne le détende délibérément. Pas question qu'il entende ce genre de conneries.

— Donc, c'est différent de voir quelqu'un dans un bar ou un club de danse et d'être excité ? Ou d'ailleurs, regarder Chris Pine dans un film et ressentir le besoin urgent de le sauter ?

— Qu'est-ce qu'il y a entre vous les filles, et ce gars ? Que ferais-tu si tu le rencontrais en personne ?

Elle rit.

— Je gèlerais sur place.

— D'accord, et quand on s'est rencontrés, tu voulais... ?

Elle repensa à avant le mariage. Au désir presque irrésistible de le connaître plus intimement.

— Donc, nous aimons l'odeur de l'autre. Je ne sais pas si c'est une preuve.

TJ se rassit et sirota son jus.

— Il y a quelque chose de magnétique entre nous.

TJ retira le bloc-notes de ses doigts.

— Mange, la journée se perd. Ce n'est pas le point à l'ordre du jour, de toute façon.

Pam cligna des yeux de surprise.

— Ce n'est pas… ?

— Non.

Il remplit sa tasse de café et la souleva.

— De nous frayer un chemin dans la liste des partenaires.

ELLE JOUAIT à cache-cache dans la brousse du Yukon avec un loup-garou. Pam rapprocha un peu ses jambes de son corps et s'assura que rien ne dépassait.

Ils avaient passé la matinée à marcher jusqu'à une cabane de mineur abandonnée et à chercher des artefacts. Après le déjeuner, il avait nonchalamment proposé ce jeu, et elle était assise dans les branches d'un arbre, son corps appuyé contre le tronc. TJ marcha droit vers elle comme si elle lui avait laissé un chemin de miettes de pain à suivre. Il lui sourit et lui tendit la main.

— Tu dois travailler plus fort pour cela ou je vais penser que tu n'essaies pas.

— Tu triches. Vous avez des sens de loup, n'est-ce pas, même sous ta forme humaine ?

Il devait y avoir une raison pour laquelle il l'avait trouvée si rapidement. Les cinq dernières fois, elle s'était cachée.

TJ secoua la tête.

— Eh bien, je peux te sentir, mais je peux aussi sentir où tu es. Il y a un lien mental entre nous.

Elle repoussa la branche et il la rattrapa, son corps contre le sien, chaud et confortable.

— Bien. Tu peux me trouver dans une tempête de neige. C'est une astuce sympa.

— Hé, ne pense pas que c'est une rue à sens unique. Je pense que tu pourras le faire aussi.

Il la mit sur la pelouse à l'extérieur de la cabane, mais refusa de la laisser sortir de ses bras.

— Tu prévois de prouver notre connexion physique en ce moment ?

Il afficha un sourire.

— Non, mais tu devras attendre. Quand nous deviendrons coquins au lit, je saurai ce que tu veux. Comme c'est dur, comme c'est rapide. Une main effleura son épaule et le long de sa colonne vertébrale, venant se poser sur le bas de son dos. Intime. Le toucher aérien de sa caresse envoya une sensation de picotements parcourir son corps et ses mamelons se durcirent involontairement. TJ parla de sa voix profonde et rauque.

— Bien sûr, cela signifie que je peux te taquiner.

Oh, mon Dieu, fais-le maintenant. Le besoin de s'offrir sur un plateau d'argent fut instinctif, et quelque peu effrayant. Il était temps de battre en retraite. Elle pressa ses mains sur sa poitrine pour les séparer suffisamment et pouvoir réfléchir.

— Rue à double sens, hein ? Fais attention une fois là-bas, je te mettrais peut-être une contravention.

Il lui prit le menton de sa main libre. Sa prise se raffermit jusqu'à ce qu'elle levât son regard pour rencontrer le sien.

— Non. Ne te cache pas derrière des blagues.

Pam ferma les yeux et attendit. Son souffle chaud caressa sa joue alors qu'il ramena leurs corps en contact.

— Tu es magnifique au soleil.

Elle ouvrit les yeux au moment où il effleura ses lèvres contre les siennes. Ses cils noirs voletaient contre sa peau.

Elle caressa sa langue dans sa bouche, ne combattant plus les délicieuses sensations qui parcouraient son corps.

Ils se tinrent là, s'embrassant lentement, les mains explorant doucement le corps de l'autre – Pam perdit toute notion du temps et se glissa dans un endroit de rêve sans problèmes au-dessus de sa tête. Pas besoin de découvrir si les contes de fées pouvaient vraiment devenir réalité.

Quand ils se séparèrent, son sourire la réchauffa de part en part.

— Eh bien, ce n'est pas ce que j'avais prévu, mais je vais certainement le prendre. Arrête de me distraire. À ton tour de chasser. Pas de coup d'œil pendant que je me cache.

Pam non seulement ferma les yeux, mais elle couvrit aussi son visage de ses mains, comme un enfant qui a peur d'être tenté de tricher. Elle ne voulut pas savoir dans quelle direction il se dirigea. Aucune chance qu'elle puisse prétendre que c'était un test juste alors que ce n'était pas le cas. Elle fredonna doucement pour couvrir tous les sons accidentels qu'il put faire, qui lui donneraient une direction à suivre. L'inspiration la frappa et elle compta à haute voix.

— ... dix, onze, douze... j'espère que tu te caches bien parce que si je te trouve quelque part en plein air, tu dois m'acheter un dîner de crabe ou quelque chose... dix-sept, dix-huit... ou une caisse de bière, je pourrais vraiment y aller pour une boisson fraîche... vingt-trois, vingt-quatre, vingt-cinq... prêt ou pas, tu dois être pris.

Elle ouvrit les yeux et regarda longuement autour d'elle. Le soleil scintillait à la surface du lac, les minuscules ondulations de la brise murmurante créant un kaléidoscope de couleurs et de lumière.

À côté de la cabane, la balançoire du porche se déplaça lentement et elle la regarda un instant, mais elle accéléra le pas. Le vent encore, et non pas TJ qui la frôla. Elle examina le buisson, mais à part les secousses et les tremblements naturels des feuilles, elle ne put déceler aucun indice clair de l'endroit où se cachait TJ.

— D'accord, j'avoue franchement, tu t'es bien caché. À présent...

La procédure habituelle consisterait à diviser la zone en secteurs et à les parcourir méthodiquement. Elle s'arrêta. Ce n'était pas censé être une recherche habituelle, n'est-ce pas ? S'ils étaient partenaires, elle devrait pouvoir le sentir.

Elle renifla l'air puis éclata de rire. Non, ce n'était pas elle qui avait le nez de loup.

Pam riait encore quand elle le sentit. Presque une... légèreté dans l'air. TJ était content.

Elle pressa une main contre sa poitrine. Ce n'était pas seulement son imagination. Elle referma les yeux et se boucha les oreilles. Le vent dans les arbres s'estompa et tous les sons se turent, mais la sensation augmenta. Oh, mon Dieu, elle pouvait sentir quelque chose.

Elle tournoya et courut vers la cabane. Le martèlement de ses pas alors qu'elle montait les escaliers en courant résonna sur le toit bas et elle ouvrit brusquement la porte.

La déception la frappa de plein fouet. Elle s'était pleinement attendue à trouver TJ sur le canapé. Elle était sûre qu'il était là. Assis confortablement, l'attendant.

Encore une fois, un bide. Comme des cordes attachées à l'intérieur de son cœur.

Elle arpentait la cabane en confusion. Il était censé être ici.

— TJ, où es-tu ?

La sensation refusait de s'en aller. Elle vérifia sous le lit, dans la cabine de douche. En sortant, elle donna un coup de pied dans un rocher de frustration avant qu'un éclair d'inspiration ne la fasse jurer.

— Espèce de dinde !

Elle courut à l'arrière de la cabane jusqu'à l'endroit où le tas de bois était empilé derrière la façade rugueuse d'un escalier. Elle grimpa jusqu'au sommet où il était au même niveau que le toit légèrement incliné de l'appentis de stockage attenant, et fixa TJ. Il était allongé sur le dos sur une épaisse couverture, en train de lui sourire.

— Hé !

Une profonde satisfaction l'envahit alors qu'elle se dirigea prudemment vers lui.

— Hé, toi-même. Tu es arrivé ici sacrément vite.

Son sourire malicieux s'agrandit.

— Et ça t'a pris tellement de temps pour me trouver, n'est-ce pas ?

Putain de merde, il avait raison. Au milieu de la chasse, elle perdit de vue le fait qu'elle l'avait trouvé. Su où il était.

TJ tapota la couverture.

— Comment as-tu fait ?

Pam s'installa à côté de lui, se blottissant dans ses bras.

— Je ne suis pas tout à fait sûre. C'est comme si je savais. Mais ce n'est pas possible...

Il se blottit contre sa tempe.

— Hmm, tu viens de le prouver.

Ses lèvres descendirent lentement pour se presser, chaudes et douces, contre sa mâchoire. Il glissa les doigts dans ses cheveux et rapprocha leurs bouches, et elle ne put se donner la peine d'essayer de comprendre pourquoi elle avait su où il se trouvait. Et un point pour l'accouplement, un !

Elle le roula et rampa dessus, gardant leurs bouches liées. Sa langue faisait cette danse complexe à l'intérieur de sa bouche qui lui faisait dresser les cheveux sur sa nuque. Elle prit sa revanche en abaissant ses hanches sur son aine.

TJ répliqua avec un mouvement qui fit glisser ses deux mains sur son torse pour prendre ses seins et soudain, elle détesta Wonderbra avec passion.

Un mouvement lui enleva son T-shirt. Un autre la libéra du soutien-gorge et TJ grogna.

— Oh, oui.

Il l'attira plus près, attrapant un mamelon entre ses dents. Ses doigts caressèrent ses côtes, donnant vie à sa peau alors qu'il suçait, passant d'un côté à l'autre. La légère brise souffla sur ses mamelons humides et ils se resserrèrent encore plus. Tout autour, les doux bruits de la nature continuaient – le gazouillis des oiseaux, le bruissement des feuilles dans un rythme irrégulier. Les bises et les gémissements et les petits cris de passion s'échappant de leurs lèvres s'intégrèrent parfaitement au mélange, et Pam pensa qu'elle n'avait jamais été dans un endroit plus beau.

Elle s'écarta pour le regarder, son sourire omniprésent réchauffant son cœur, le désir et la passion sur son visage réchauffant son âme.

— Aussi amusant que cela puisse paraître, je ne pense pas que le toit soit un bon endroit pour faire l'amour.

Ses yeux s'écarquillèrent et il se précipita vers le haut pour lier leurs corps une fois de plus, et soudain elle se retrouva à plat ventre sous lui. La couverture la protégeait des crêtes des bardeaux du toit et le soleil éclata en pleine gloire.

La lumière dans ses yeux l'éclipsa.

— Je pense que n'importe où est un endroit fabuleux pour te faire l'amour.

Son cœur rata un battement. Puis elle ne put plus voir son visage alors qu'il se laissa tomber vers elle, ses lèvres faisant des choses malicieuses sur son torse, ses doigts jouant sur son corps aussi habilement qu'il jouait de sa guitare.

Oh oui, il avait du talent. Le frémissement de désir dans son ventre s'épanouit, et curieusement le toit de la cabane sembla un bel endroit pour une petite virée sexuelle. Seul…

— As-tu apporté un préservatif ?

Même la question sonna comme baise-moi maintenant. À bout de souffle, nécessiteux. Lubrique.

Il s'éleva sur elle.

— Nous n'en avons pas besoin, tu sais. Je n'ai aucune MST puisque ma transformation en loup guérit presque tout ce qui concerne les germes ou les virus.

— Presque ?

Le poids lourd de son aine était pressé en son centre alors qu'il se blottissait entre ses cuisses, et c'était si bon qu'il en perdit des neurones.

— Le rhume, ça craint toujours.

Oh, Seigneur, il l'embrassa à nouveau – des baisers bien trop distrayants. Il était bien trop séduisant pendant qu'il berçait intimement leurs hanches. Le tissu qui les séparait était une bouée de sauvetage et elle se tortilla sous lui. Le sexe était interdit à moins qu'ils ne rampent l'un contre l'autre assez longtemps pour regagner la cabane. Pourtant, il n'y avait aucune raison pour qu'ils ne trouvent pas satis-faction.

— Laisse-moi.

Il partit, la déception inscrite partout en lui. Jusqu'à ce qu'elle enlève son short et attrape sa fermeture éclair.

— Allons-nous… ?

— Non.

Elle le malmena sur le dos et lui arracha son pantalon.

— Nous n'avons pas de relations sexuelles sans préser-vatif. Je suis désolée, ce que tu as dit a du sens, mais je ne peux pas simplement te faire confiance à propos d'un sujet si important.

Il s'allongea et jeta un bras sur ses yeux, sa poitrine se soulevant. Son érection sortait directement de son aine. Hmm. Le bourdonnement sexuel dans son corps atteignit des niveaux assourdissants alors elle tendit la main et le saisit fermement.

— Putain de merde.

— On peut aller à l'intérieur et prendre un préservatif pour le deuxième round. En ce moment...

Pam le caressa, ses doigts passant légèrement sur la tête de son érection pour recueillir l'humidité qui s'échappait du bout. Avec sa paume mouillée, il lui était facile de glisser le long de sa longueur, chaque passage tirant un gémissement de plaisir de ses lèvres. La lumière du soleil brillait sur eux et la femme aspira une profonde bouffée d'air frais. L'odeur de leurs corps monta autour d'eux et la rendit heureuse.

Tout chez TJ la rendait heureuse intérieurement, si elle était honnête.

Ses mains agrippèrent ses hanches et la soulevèrent.

— Que fais-tu ?

Elle lâcha son membre et essaya de se rattraper. Une seconde plus tard, elle était sur les mains et les genoux, les paumes reposant sur la couverture de chaque côté de ses hanches. Elle suivit la ligne de son corps jusqu'à l'endroit où sa tête se nicha entre ses genoux. Il lécha ses lèvres et son sexe pulsa.

— Tu utilises tes mains, mais je peux utiliser ma bouche.

Oui.

Il la tira en arrière et soudain le fait qu'ils étaient sur un toit n'eut plus d'importance. Le besoin de découvrir s'ils étaient partenaires ? Le gars avait une langue magique et il l'utilisait à son plus grand avantage. Il lécha – de légères touches taquines, suivies de balayages puissants de la peau sensible près de son anus jusqu'au sommet de son monticule.

Il mordilla ses lèvres, suça son clitoris. Elle se balança en arrière pour tenter de le rapprocher, mais sa poigne sur ses hanches la maintint fermement. Il avait le contrôle et il n'y avait rien qu'elle puisse faire pour changer ce fait.

Sauf le distraire. Elle jeta un coup d'œil à sa queue et planifia sa contre-attaque. Une main sur le toit pour tenir en équilibre, une main pour s'enrouler autour de lui et l'astiquer.

La réverbération de son gémissement contre ses lèvres inférieures lui envoya une décharge électrique. Des feux d'artifice électrisèrent ses mamelons et se retournèrent pour allumer le fusible dans son cœur. Il agrippa son cul plus fort, massant et serrant ses fesses alors qu'il l'écrasait contre son visage. Sa langue chaude et humide glissa en elle, et c'était tellement incroyable qu'elle s'arrêta de bouger pendant une seconde, laissa les sensations monter jusqu'à ce qu'elle tremble sur le point de se libérer. L'euphorie la prit si fort que lorsqu'il enfonça deux doigts profondément dans son intimité et suça fortement son clitoris, tout fut fini. Le sang battit à ses oreilles et sa tête lui tourna.

Il fallut un certain temps jusqu'à ce que les vagues ralentissent suffisamment pour qu'elle puisse réfléchir à nouveau.

TJ lapa lentement, ses gestes de plus en plus doux jusqu'à ce qu'elle le laisse l'aider à se déplacer pour se blottir contre lui. Son sexe épais pressa sa hanche et elle prit une profonde inspiration, la culpabilité la hantant.

— C'était égoïste de ma part.

TJ posséda sa bouche pour un long baiser essoufflé. Le goût de son plaisir sur ses lèvres la fit frissonner.

— Pas égoïste. Le timing fait tout. Tu avais besoin de te concentrer, et je voulais te donner. Il embrassa ses jointures, et quelque chose dans son cœur se serra un peu. Qu'avait-il dit à propos de leur connexion physique ?

Un par un, il mouilla ses doigts avant de placer sa main sur son érection et d'enrouler ses doigts sur les siens.

De bout en bout, il la guida, augmentant la pression. Ses lèvres retrouvèrent les siennes, et leurs langues glissèrent l'une contre l'autre sensuellement alors que le va-et-vient continuait. Pas trop rapide, mais solide. Ferme.

Pam enfonça ses doigts dans ses cheveux et tira sa tête en arrière, exposant sa gorge. Il la laissa l'embrasser. Elle fit une pause, respirant profondément avec son visage enfoui dans son cou avant de le lécher, son goût salé comme un bon vin. Il remplit ses sens – le toucher de leur peau si voluptueuse et sensuelle. Le son de leurs mains jointes était un contraste érotique avec les sons délicats de la nature.

Il se resserra sous sa main et, avec un gémissement, il jouit. Le fluide chaud de sa semence enduisit leurs mains, jaillissant pour atterrir bon gré mal gré entre leurs torses nus.

Ils restèrent assis ensemble jusqu'à ce que leurs cœurs cessent presque de battre. Pam se blottit plus près et pressa leurs poitrines l'une contre l'autre, sans se soucier de l'humidité sur leur peau.

— C'était assez génial, si je puis dire.

TJ sourit.

— Que dirais-tu d'une douche ? Je pense que nous pouvons l'intégrer dans le calendrier.

— D'accord.

Elle attrapa leurs vêtements en tas et il protesta doucement.

— Tu veux qu'on descende nus ?

Pam tendit une main vers lui, faisant glisser un doigt dans l'humidité collée à son abdomen ferme.

— Je ne mets pas de vêtements sur un corps collant pendant cinq minutes alors qu'ils doivent nous durer une semaine.

TJ haussa les épaules, puis ramassa la couverture. Pam se dirigea prudemment jusqu'au bord du toit et jeta les vêtements par terre. TJ tint sa main : descendre n'était pas aussi facile qu'elle se souvenait du voyage ascendant.

— Je n'arrive pas à croire que j'ai couru ici.

Une bûche vacilla sous ses pieds et elle saisit TJ pour retrouver son équilibre. Elle prit son temps, jusqu'à ce qu'elle arrive au fond en toute sécurité.

Il l'imita et jeta la couverture puis se retourna pour placer ses pieds. Hum, quel beau cul.

Il descendit quelques marches, et elle était en train de penser à quel point la vue de face complétait bien l'arrière quand un craquement retentit. Les rondins sous ses pieds roulaient et soudain TJ s'approcha rapidement du sol, surfant presque sur le tas de bois qui prit vie.

Des bûches individuelles tremblèrent et tournèrent, certaines tombant sur le côté, d'autres se tordant sur place alors que le monticule entier s'effondrait. Le bois craqua et claqua avec fracas, le cliquetis résonnant sur le mur de la cabane. Des bûches aléatoires tombèrent à droite à gauche. TJ fit tournoyer ses bras pour se maintenir en équilibre. Pam s'écarta du chemin dangereux, regardant avec effroi la pile se désintégrer.

La pile auparavant soignée termina sa chute, une dernière bûche vacillant pendant une seconde avant de rejoindre le reste avec un léger ploc, TJ de travers sur le tas désordonné.

9

———

IL était allongé face contre terre sur le matelas, sûr que son visage était aussi rouge que ses fesses. Une douleur lancinante traversa sa fesse droite, et il s'appuya sur ses coudes avec un juron.

— Bon sang, laisse-les. Elles finiront par tomber. Aïe, merde. Arrête ça.

Pam rit en appliquant à nouveau la pince à épiler, essayant d'enlever quelques échardes de plus qu'il avait attrapées au contact du bois de chauffage.

— Arrête d'être un chiot pleurnichard.

Il grogna et son rire s'amplifia. Il s'effondra et serra les dents. Putain, c'était comme si elle creusait des poteaux.

— Tu t'amuses là-bas ?

Merde. Il recula sur un pic particulièrement dur.

— Je parie que tu étais nul au jeu Opération quand tu étais petit.

— Horrible. Je perdais à chaque fois.

Il enfouit son visage dans l'oreiller et le mordit. Très fort.

Puis il se retourna, la prit dans ses bras et l'entraîna sous lui.

— Hé, je ne les ai pas encore toutes.

Elle emmêla ses mains dans ses cheveux et pressa leurs bouches l'une contre l'autre, et toutes les échardes du monde ne furent pas suffisantes pour le distraire quant à sa recherche de préservatif.

Et encore. Sur le lit, sous la douche. Zut, ils avaient à peine préparé le souper avant que son loup ne l'incite à la presser contre la table et à la prendre par-derrière. L'arôme parfumé de la sauce tomate remplissait la cabane, l'eau pour les spaghettis bouillait sans se soucier de la marmite pendant qu'il la pilonnait.

Les cris d'encouragement de Pam les emmenèrent tous les deux plus vite qu'il ne le souhaitait. Chaque glissade dans son corps la poussait plus loin dans son cœur. Elle attrapa sa main, entrelaçant leurs doigts. Il ralentit et appuya son front contre son dos, lui tournant la tête sur le côté pour pouvoir la regarder dans les yeux.

— C'est réel, Pam.

Il s'avança lentement, leur regard scellé.

— Toi, moi. Ensemble comme ça.

Elle serra les doigts.

Un autre roulement de ses hanches. Une autre fois, être serré par son corps si fort qu'il pouvait à peine respirer. Mais ce fut l'expression de ses yeux qui lui coupa le souffle.

Tant d'espoir, et tant de peur. Son loup hurla et il combattit l'envie de la revendiquer complètement. Combattre le désir de prendre les commandes avant qu'elle ne soit prête. TJ ferma les yeux et s'accrocha au contrôle. Pendant tout ce temps, ils bougèrent ensemble.

C'est probablement la seule chose qui le sauva. Les pressions volontaires de Pam contre lui, alors qu'elle se levait pour répondre à ses coups de reins, calmèrent son loup et lui donnèrent la chance de faire reculer la bête et de reprendre son contrôle humain. Il passa une main autour de son torse, une main entre ses jambes pour l'aider, frottant son clitoris au rythme de leur union jusqu'à ce qu'il la sente se resserrer sous lui, son orgasme la saisissant par vagues. Il s'enfonça en elle et lâcha ses liens, souhaitant de tout son cœur qu'elle soit prête à tout accepter de lui.

Pour toujours.

— Une autre liste ?

TJ prit une autre paire de pagaies, dirigeant leur canoë vers la baie qu'ils avaient choisie. C'était déjà le quatrième jour, le temps s'écoulait trop rapidement. Le soleil de l'après-midi scintillait autour d'eux, le cadre aussi idyllique que n'importe quelle carte postale. En dépit de cela, l'homme ressentit un sentiment d'urgence qu'il n'avait jamais ressenti auparavant dans la nature. Prouver qu'ils étaient partenaires, c'était comme prouver à un enfant que le soleil se lèverait le matin. Les faits ne pouvaient qu'expliquer tant de choses avant que vous deviez lâcher prise et faire confiance.

— Tu peux ranger ta pagaie et je te laisse jeter un œil. Oh, et tu peux faire demi-tour. Je vais jeter l'ancre pendant que nous pêchons.

Pam rangea la pagaie et souleva soigneusement ses jambes au-dessus des plats-bords pendant qu'elle tournait. La longue ligne de peau nue apparaissant sous le bord de son short lui donna l'eau à la bouche, et il regarda dans la brousse et pensa à des choses désagréables pour détourner son esprit.

Lorsque le canoë arrêta de se balancer, il vérifia qu'elle était confortablement assise, puis passa en revue les papiers qu'il avait cachés dans sa poche. Elle les déplia et lissa les plis.

— La liste des partenaires. Laquelle allons-nous faire aujourd'hui ?

— Les intérêts complémentaires.

Elle regarda le papier et il se demanda pourquoi elle avait l'air si triste. Pourquoi la bouffée de plaisir qu'il ressentit en elle s'estompa-t-elle si rapidement en quelque chose proche du désespoir. Sa connexion avec elle s'était stabilisée au cours des deux derniers jours, et il doutait qu'elle se renforce jusqu'à ce qu'ils fassent réellement l'amour sans protection et qu'il la fasse sienne. Ce qu'ils avaient maintenant était comme une ombre reflétant la vraie connexion qu'il considérait comme possible. C'était là, indéniable pour lui, mais il voulait plus.

Pam jeta un coup d'œil à la deuxième feuille de papier toujours posée sur ses genoux et rit.

— Oh, mon Dieu, tu t'attends à ce que j'écrive un essai ou quelque chose comme ça ? Je suis en vacances. Je ne suis pas dans les rapports en ce moment.

— Non, ce sont des sujets à discuter. Tu vois, la plupart des amis que je connais ont des intérêts communs. Robyn et Keil, tu devrais les voir sur les pistes. Ce sont tous les deux des skieurs totalement fous quand ils ne sont pas là à diriger un groupe. Erik et Maggie sont tous deux passionnés de littérature classique.

— Alors tu penses que nous devrions avoir un tas d'intérêts en commun ?

Elle s'installa au fond du canot et ajusta son gilet de sauvetage pour pouvoir s'adosser au siège avant et l'utiliser comme dossier. Ses longues jambes s'étendaient au centre de l'engin, et TJ les regarda avec envie. Il soupira. Non. Bien qu'il ait eu plus de chance que d'habitude avec sa maladresse jusqu'à présent cette semaine, s'amuser dans un canoë ne serait pas bien.

— TJ ?

Il croisa son regard et chercha ses mots.

— Je regardais encore, n'est-ce pas ?

Elle rougit légèrement, puis rejeta la tête en arrière, ses cheveux noirs rebondissant autour de ses épaules.

— Cela ne me dérange pas. Mais revenons à la question...

— Je pense que nous pourrions avoir des choses en commun, ou nous pourrions être comme Tad et Missy – ils ont souvent des intérêts qui, si on les met ensemble, donnent quelque chose qui leur correspond. Il fabrique des objets en bois et elle aime coudre. Ensemble, ils ont fabriqué toutes sortes de cadeaux pour la meute, comme des berceaux et des couvertures pour des réceptions, des couettes murales décoratives et des cintres pour les exposer.

— Ils se complètent. Tu penses qu'on va avoir des trucs comme ça ?

— Au cours des deux derniers jours, je pense avoir entendu certaines choses, mais je ne veux pas fausser les résultats et les utiliser comme exemple. Donc, tu choisis un élément, tu penses à une réponse, mais avant de me dire ce que tu diras, je vais partager le mien.

Elle sourit en examinant le papier.

— Cela pourrait être amusant !

Son personnage de fauteur de troubles était de retour. Seigneur, il adorait quand ses yeux devenaient brillants et que son visage s'illuminait. Cela facilitait la respiration et contentait son âme contente.

Il appâta les hameçons, ajouta un bouchon et lança la

ligne, lui passant la première canne avant de monter la sienne. La pêche était une excellente occasion pour de longues conversations.

Pam fit courir un doigt sur la liste avant de lui jeter un coup d'œil, une expression innocente collée au visage.

— D'accord, quel est ton sport préféré pour faire de l'exercice ?

Facile.

— Courir.

Surtout comme un loup, mais ça comptait quand même. Elle renifla.

— Moi, c'est faire du baseball. Eh bien, celui-là fonctionne, nous pouvons jouer ensemble à « va chercher », non ?

Il lui jeta de l'eau et le bateau se balança.

— Numéro deux. Chose préférée à faire pour se détendre ?

TJ agrippa fermement la canne à pêche au lieu de l'atteindre.

— Ma nouvelle réponse serait de faire l'amour avec toi, mais avant cette semaine, j'aurais dit de faire de la musique.

L'éclair de désir dans ses yeux était indubitable.

— Arrête.

Ils se regardèrent. Son pouls battait dans le creux de sa gorge et il lui faisait mal.

— Quelle est ta réponse, Pam ?

Elle lécha ses lèvres.

— J'allais dire écouter de la musique.

Oui, elle pouvait essayer de le nier, mais il y avait de plus en plus de preuves qu'ils étaient faits pour être ensemble.

Sa canne à pêche trembla et elle se redressa, le papier tombant indifférent au fond du canot. Il l'entraîna en riant à remonter le poisson. Pendant les deux heures suivantes, ils flottèrent et pêchèrent, libérant toutes les truites arc-en-ciel sauf une pendant qu'ils parcouraient toute la liste qu'il avait préparée. À ce moment-là, le papier était mouillé et sentait le poisson, et quand vint le moment de retourner le canot vers le quai, Pam n'eut plus que des émotions positives émanant d'elle.

— Tu te détends, je vais nous ramener à la maison.

Il pagaya dur, les yeux sur l'eau de temps en temps. La plupart du temps, son regard caressait son corps où elle se penchait en arrière, les bras reposant facilement sur les plats-bords tandis qu'elle admirait les montagnes voisines.

— Je ne peux pas croire que quelqu'un puisse vivre ici plus que pour des vacances.

— Les étés sont fabuleux, mais dans un endroit éloigné comme celui-ci, ils ne restent pas tout l'hiver, et l'hiver arrive tôt dans le Nord. Mes amis habitent généralement cette cabane de mai à août, puis ils ont une place plus au sud pour le reste de l'année.

Il rama uniformément, se demandant pourquoi il était beaucoup plus difficile que d'habitude de garder le canot en ligne droite. C'était trop cliché de penser que la regarder le déconcentrait.

— Quand l'hélicoptère revient-il pour nous ?

— Vers deux heures, dans trois jours. Nous serons déposés à Haines, et nous devrons faire de l'auto-stop pour retourner chez Maggie et Erik. La visite que tu devais faire se fera avant midi.

Elle rit et se pencha en avant pour enrouler ses bras autour de ses genoux. Ses yeux sombres brillèrent vers lui.

— Merci.

— Pour quelle raison ?

Pam pointa son index.

— Pour ça. Je sais que nous avons encore des questions

sans réponse, mais je ne renoncerais à cette expérience pour rien au monde. J'aime beaucoup mieux ça, être calme et distante. C'est bien plus mon style que la routine quotidienne de voyager avec un groupe de touristes.

TJ bégaya.

— Tu t'y es inscrite. Ce premier jour, tu as dit que je n'avais pas le droit...

Elle leva la main.

— Je sais, je me suis trompée. J'ai suivi la suggestion de Maggie parce que je ne voyais aucune autre façon possible de vivre cette expérience du désert en peu de temps. Une femme célibataire, voyageant seule, n'est tout simplement pas intelligente. Tu as bien fait de me kidnapper. Tu savais sûrement un peu de ce dont j'avais vraiment besoin.

— Eh bien, je suis content que tu sois à l'aise avec cet acte.

Son doux sourire le taquina.

— Tu es à l'aise – d'une manière complètement troublante et bouleversante.

Ils rirent ensemble et TJ inspira profondément l'air frais. L'espoir se réveilla en lui.

Il changea de côté de pagaie pour reposer son bras. Ils se rapprochèrent du quai, mais il n'avait jamais trouvé un canot aussi maladroit et lent à manœuvrer.

Pam traîna paresseusement ses doigts dans l'eau, des rubans de vagues coulant de chaque côté de ses doigts. Il restait trois jours pour faire la différence.

TJ se demanda brièvement quel chaos se passait à Haines, mais il paierait ça quand il le faudrait. Maintenant, ils avaient une truite arc-en-ciel à déguster pour le souper, et la soirée s'ouvrait à eux.

D'après l'expression de ses yeux, elle avait quelques

idées sur la façon dont ils pourraient passer leur temps, et il participerait volontiers à tout ce qu'elle planifierait.

Ils arrivèrent au quai et il s'agrippa fermement au pont pendant qu'elle se précipitait. Tout l'équipement sorti un par un jusqu'à ce qu'il cherche l'ancre.

Pam éclata de rire en faisant un geste derrière le canoë.

— Est-ce que ces légumes verts accompagnent le poisson pour le dîner ?

Il tourna la tête pour voir un énorme gâchis d'herbes lacustres rassemblées derrière le bateau.

— D'où ça vient ?

Il grimpa sur le quai et suivit la ligne avec son doigt pointé.

— Pas étonnant qu'il soit si difficile de pagayer.

Pam s'allongea sur le ventre sur le pont pour saisir la corde d'ancrage. Elle tira, hissant les mauvaises herbes et l'ancre qu'il avait omis d'apporter, la traînant derrière eux sur toute la longueur du lac.

Il soupira. Oui, deux pas en avant, un pas en arrière.

TJ ÉTAIT ASSIS sur les marches du porche, pinçant les cordes de la vieille guitare qu'ils avaient trouvée dans le placard. Chaque jour depuis qu'elle avait découvert qu'il était un loup, il jouait pour elle. Elle avait appris à anticiper le moment calme pour s'asseoir et réfléchir.

Aujourd'hui plus que jamais, elle en avait besoin. Demain serait leur dernière journée entière ensemble avant le retour de l'hélicoptère. Pam se recroquevilla sur la balançoire du porche et regarda le coucher du soleil. Ils faisaient face au lac, et la lueur s'élevant derrière les montagnes de l'ouest peignit toute la scène dans des tons de mandarine et d'or. Des traînées de lumière brillèrent sur eux, et elle sourit quand la coloration sombre de TJ s'éclaircit alors qu'un éclair brillant de rose zébrait son torse.

Les douces tonalités de la guitare l'envahirent. Elle ferma les yeux et se balança rêveusement, se délectant de sa situation. Le ventre plein, un verre de vin à la main. Une musique d'après-dîner. La vie ne pourrait pas être beaucoup mieux.

Elle avait de légères courbatures à cause des diverses activités des derniers jours. Fidèle à sa parole, TJ la laissa essayer toutes sortes d'expériences de plein air, y compris une folle excursion en kayak sur la rivière voisine.

Comme prévu, certains de ses maux étaient la cause du sexe torride très fréquent et extrêmement agréable de Wolfie qu'ils appréciaient. Et depuis un jour, chaque fois qu'il attrapait un préservatif dans leur stock en baisse, elle était sur le point de lui dire de l'oublier...

C'était officiel. Elle devenait folle.

L'enlèvement n'était plus un problème. Ils étaient devenus assez bons amis, il était en fait assez difficile de se souvenir que ce n'était pas ce pour quoi elle s'était inscrite. Elle avait des questions qui restaient, mais sa suspicion latente était que lorsque la semaine se terminerait officiellement, elle hésiterait à le laisser derrière elle et à se diriger vers le sud pour reprendre sa routine normale.

Le changement dans ses processus mentaux la déconcerta.

— C'était un gros soupir.

TJ l'examina attentivement, ses yeux sombres scrutant son âme.

— Quelles pensées profondes te rendent si triste ?

Il restait si peu de temps avant que leur vol ne les

ramène à la civilisation, et elle ne savait toujours pas quoi faire.

— En pensant à tout ce que tu m'as montré. Tu sais, la liste d'accouplement et tout.

Il gratta doucement pendant une minute, la mélodie légère des cordes pincées flottant autour d'eux. Il avait l'intention de l'apaiser, elle en était sûre, mais alors que l'air désormais familier qu'il joua remplit ses oreilles et son cœur, ses larmes menacèrent de couler. C'était la même chanson qu'il lui avait chantée au mariage, avec un amour éternel et un nouvel espoir tous liés.

Elle voulait de plus en plus y croire.

TJ s'appuya contre la balustrade supérieure du porche.

— Il y a ce couple plus âgé qui dirige la boulangerie Chilkat en ville. Les deux humains. Je crois qu'ils ont dit qu'ils étaient mariés depuis cinquante-cinq ans.

Pam le regarda avec méfiance. Où voulait-il en venir ?

— Alors ?

Il posa la guitare de côté et la rejoignit sur la balançoire.

— Tu as déjà vu un couple comme ça ? Mariés depuis si longtemps qu'ils semblent lire dans les pensées l'un de l'autre ?

Il enroula une main autour de son cou pour masser les muscles tendus.

— Ils semblent savoir exactement ce dont l'autre personne a besoin à tout moment.

— Es-tu en train de dire que les humains peuvent avoir une connexion d'accouplement ? Je n'ai jamais entendu ça auparavant.

— D'accord, ce n'est peut-être pas exactement la même chose, mais ça doit être assez proche. Je l'ai vu. Ils se connaissent si profondément qu'ils anticipent les pensées et les besoins de l'autre. C'est comme ça pour les loups – la seule chose qui semble différente, c'est la rapidité avec laquelle cela se produit. Pour les loups, c'est instantané. Chez les humains, je l'ai constaté dans des couples qui sont ensemble depuis longtemps.

Pam se mordit la lèvre. *Là*. Encore une fois, lui et sa logique. Elle ne pouvait pas lutter contre la logique, et pourtant la boule de peur dans son ventre ne voulait pas disparaître.

— Comment sont tes parents ?

Elle se tourna vers lui. Même Maggie n'avait pas posé de questions aussi rapidement sur sa famille.

— Ils sont divorcés.

Le visage de TJ s'assombrit.

— Merde.

— Oui.

— D'accord, alors ils ne sont pas un bon exemple.

— Ils ont divorcé quand j'avais environ dix ans et ont commencé à me rendre la vie misérable. Ils ont tous les deux foiré leurs plans de vacances pour se venger de l'autre. Ils se sont battus pour moi comme un chien avec un os, mais quand ils ont eu du temps avec moi, ils m'ont ignorée ou ont regretté le fait qu'ils devaient dépenser de l'énergie pour mes affaires.

À seize ans, j'en ai eu assez. Je suis allée vivre avec ma grand-mère qui était complètement dégoûtée d'eux. Elle est décédée à mes dix-neuf ans. Depuis, je suis seule.

Prendre le contrôle de sa vie à un si jeune âge avait été difficile, mais elle avait dû le faire.

TJ embrassa doucement sa tempe, puis la blottit sous son bras. Il entrelaça leurs doigts et posa leurs mains jointes sur ses genoux.

— Est-ce que tu vois tes parents ?

Elle secoua la tête.

— Et ce n'est pas parce que je me cache d'eux. Honnêtement, je ne suis plus amère ni ne leur souhaite plus de mal. J'ai coupé les ponts et décidé que j'étais responsable de mon propre bonheur. Ils ne s'en soucient pas. Je pense que je leur rappelle quand ils étaient jeunes. C'est comme s'ils se vengeaient.

Elle haussa les épaules.

Il grimaça.

— Alors, te raconter des histoires sur les humains heureux pour toujours...

Pam s'appuya contre lui et soupira.

— Pure fantaisie. Les loups-garous sont beaucoup plus crédibles.

Beaucoup plus désirables aussi.

Avait-il acquis cette confiance en étant un loup ?

TJ caressa doucement ses doigts avec son pouce.

— J'ai eu la meute autour de moi toute ma vie. Bien que je sois beaucoup moqué à cause de ma maladresse, ils m'ont toujours soutenu. Mon frère, mes amis... tout le monde.

— Tu n'es pas maladroit.

Il éclata de rire.

— OK, autre sujet de discussion ! Hum, si, je le suis. Pour une raison inconnue, je ne suis pas aussi mauvais quand je suis avec toi.

Il frotta son nez contre son cou.

— Ce truc de « tu me complètes ».

Elle lui administra une petite gifle.

— Nan. Je pense que tu es comme un chiot qui entre dans sa croissance. Tu aurais dû voir les ennuis de mon premier chien...

Il gémit.

— Pouvons-nous conclure un accord maintenant : ne me compare plus à tes chiens précédents. S'il te plaît.

Un grognement s'échappa.

— Nous verrons.

Elle se tordit pour le regarder. Son expression sérieuse vola son cœur.

— Pam, peux-tu me donner un indice ici ? T'ai-je convaincue que ce que j'ai dit est vrai ? Que nous sommes partenaires ?

Ses peurs et ses doutes se bousculaient et restaient au-dessus du lien indéniable entre eux qui se renforçait à chaque instant qu'elle passait avec lui.

— Tu ne peux pas savoir à quoi je pense grâce à ta connexion de loup ?

Elle voulait y croire, le voulait tellement.

Il la surprit en la soulevant sur ses genoux et en posant sa tête contre sa poitrine avant de faire basculer la balançoire du porche. Il l'entoura de ses bras comme s'il mettait un bouclier de protection devant eux.

— Je ressens toutes sortes de choses venant de toi, et pourtant tes émotions sont si confuses que je ne peux pas comprendre. Peur, envie, besoin sexuel. Parfois, j'ai l'impression que tu es sur le point d'annoncer que tu m'aimes. La minute suivante, tu prévois de me dire au revoir et tu t'attends à ce que je te dépose à l'aéroport et te laisse partir sans un mot de protestation.

Hum, ouais, représentait tout le chaos dans son cerveau ces deux derniers jours.

— Est-ce que tu comprends vraiment toutes ces choses, ou est-ce que tu les devines ?

Ce fut à son tour de soupirer.

— Je ne peux pas lire dans tes pensées et nous ne pouvons pas nous parler mentalement. Pour autant que je sache, je suis à peu près aussi lié à toi en termes de connexion avec une compagne que je ne pourrais en rêver.

— J'ai l'impression de t'avoir connu toute ma vie.

La confession chuchotée atténua un peu ses doutes.

Il la serra doucement et embrassa le haut de sa tête. Son cœur cogna solidement sous son oreille, et elle passa ses bras autour de son torse pour se rapprocher le plus possible.

TJ chanta *a capella* pour elle, sa voix riche lui chatouillant les oreilles, la remplissant d'espoir et d'un profond désir.

Mon amour ne s'effacera jamais, il persiste comme la lumière.

Il remplit tous les sommets des montagnes, toujours brillants.

Mon amour est comme la marée, frais et propre chaque jour.

C'est pur et fort, et tout ce que je peux dire...

Tu remplis mes journées, tu remplis mes nuits, tu es tout, tout ce dont j'ai besoin,

Toujours.

Mon amour est comme le printemps, il dure comme la neige.

Il ne fait que fondre, pour mieux croître.

Mon amour est comme le vent, sauvage et libre.

Ensemble maintenant, ne veux-tu pas venir avec moi...

Tu remplis mes journées, tu remplis mes nuits, tu es tout, tout ce dont j'ai besoin,

Toujours...

Il laissa les mots s'envoler, l'intensité de sa chanson enveloppée de tout ce qu'elle ressentait pour lui. Son cœur tendre. Son humour. Franc et direct, mais jamais cruel, il était tout ce qu'elle admirait chez un ami, et tout ce qu'elle voulait chez un amant.

Ses derniers doutes se dissipèrent. La logique avait sa place là-dedans, et il avait fait de son mieux pour lui montrer que la liste des partenaires existait, avec des exemples de chaque élément. Mais à un moment donné, le cœur devait prendre le dessus sur la raison et ce moment était venu.

Elle pressa sa paume contre sa joue et l'embrassa doucement avant de ramper sur ses genoux et de lui tendre la main.

— Quoi... ?

Elle secoua la tête. Un doigt collé à ses lèvres, elle consacra son énergie à partager ce qu'elle ressentait à l'intérieur. La profonde satisfaction de son entreprise. La passion qu'elle avait pour lui.

L'amour.

Ils marchèrent ensemble, main dans la main, dans la cabane où elle le conduisit à la chambre. Elle se déshabilla rapidement et se tourna pour l'aider. À chaque contact de ses mains, elle repensa à un moment où il l'avait fait sourire la semaine précédente. D'une expression qu'elle vit sur son visage. De l'amour qu'elle vit dans ses yeux. Elle n'avait pas besoin de plus de mots – il le lui avait dit toute la semaine avec chaque geste, chaque toucher.

Chaque fois, il se transforma en loup et erra à ses côtés, ou se blottit contre elle, doux et chaud. Il était complètement à l'aise dans ses deux peaux, et il n'y avait aucune hypocrisie en lui.

Elle le tira vers le lit et ils se connectèrent, peau contre peau, les mains se frottant, explorant. Leurs lèvres se rencontrèrent dans un baiser essoufflé qui commença doucement et tendrement avant de devenir vorace. Avides et passionnés, ils roulèrent ensemble jusqu'à ce qu'elle réussisse à se mettre en position, ses jambes coincées sous elle. Son sexe rompit les plis de son corps et ils glissèrent ensemble en un instant parfait. Son souffle se relâcha avec un halètement et elle sentit ses muscles se tendre pendant qu'ils faisaient l'amour sans aucune barrière entre eux.

TJ la prit dans ses bras et la regarda dans les yeux. Il ne demanda pas si elle était sûre, ne fit rien pour briser la beauté de son cadeau. Il ne parla même pas, pas avec des mots.

Mais ses yeux dirent *je t'aime*.

Son corps le dit. Il en était de même de toute l'émotion qu'elle ressentit en lui, qu'elle soit le fruit de son imagination ou non. Tous les signes indiquèrent qu'il était à elle, complètement.

Ils bougèrent ensemble, les hanches se balançant, la tension s'accumulant. Le besoin douloureux d'être comblée par lui, non seulement physiquement, mais de toutes les manières, fut exaucé. Baiser après baiser, TJ parcourut son corps. Il se glissa en elle encore et encore, attirant sa cuisse au-dessus de sa hanche, une fois allongés côte à côte sur le matelas. Il enfouit son visage dans son cou, se levant légèrement pour appuyer plus profondément en elle, le changement d'angle appuyant plus fort contre son clitoris. La sensation de picotement précédant son apogée n'avait jamais été aussi élevée, et chaque nerf cria de satisfaction. Elle n'eut aucune idée de l'intensité de la réaction de son corps lorsqu'il posa ses dents sur son cou et mordit, s'enfonçant profondément : ils partaient tous les deux ensemble.

Un plaisir blanc éclatant courut sur elle, chaque parcelle de peau sensible la picotait. Chaque bouffée d'air lui ressemblait, chaque pensée enveloppée dans son amour. Leurs corps se mêlèrent, intimes et proches, et des vagues de bonheur pulsèrent à plusieurs reprises. Ce fut le paquet de rêves qu'elle mit de côté.

Pour toujours n'était pas un mythe, pas plus que les loups-garous.

Ils restèrent emmêlés ensemble pendant très longtemps, leur respiration revenant lentement à la normale. TJ l'embrassa – son cou, sa joue, son front. Un doux baiser persistant sur sa bouche.

Il parla, leurs lèvres se frôlant.

— Je peux sentir ton cœur dans mon âme.

10

TJ ferma la porte de la cabane avec réticence. Aucun d'eux n'était prêt à partir.

Il se tourna pour voir Pam lui sourire, son sac déjà sur le dos. Ils se préparaient à rencontrer l'hélicoptère. Il semblait toujours impossible qu'elle ait franchi cette dernière étape et l'ait accepté. Un seul jour pour célébrer le fait d'être accouplés, ce n'était pas suffisant.

— J'aurais dû faire une excursion de deux semaines. Ensuite, nous aurions pu rester une semaine de plus.

Elle lui tendit la main et il la rejoignit, se promenant dans la prairie avec leurs doigts liés.

TJ leva ses doigts vers sa bouche et embrassa légèrement ses jointures.

— Bien que j'aimerais plus de temps seul, à un moment donné, nous devons affronter le monde réel.

Il allait y avoir des confrontations à faire. Ce qui était étrange cependant, c'était que maintenant que lui et Pam étaient complètement accouplés, il n'était pas aussi inquiet de voir quelles seraient les retombées de ses actions. Ils étaient vraiment ensemble — on ne pouvait le nier — et personne ne pouvait les séparer.

Ils laissèrent tomber leurs sacs sur le côté de la clairière et Pam retourna dans ses bras, posant sa tête sur sa poitrine. Elle prit une profonde inspiration.

— Pouvons-nous revenir ici un jour ?

— Définitivement.

Il joua avec ses cheveux. Depuis qu'ils avaient terminé leur accouplement, il savait ce qu'elle ressentait. Comparées à ce qu'elle était avant, la richesse et la profondeur étaient incroyables. C'était comme après avoir regardé un film en noir et blanc à l'ancienne sur un écran de cinq pouces et ensuite obtenir un Blu-ray haute définition diffusé sur un moniteur de la taille d'un mur.

En ce moment, elle était contente, et il allait faire tout ce qu'il pouvait pour qu'elle le reste.

— Tu sais que nous avons un tas de moments « rencontrer la famille » à faire, n'est-ce pas ? la prévint-il.

Pam leva les bras pour les passer autour de son cou.

— Je pense que je peux gérer ça. Maggie et Erik ne seront pas encore de retour, mais je n'ai pas peur de rencontrer ton frère, ou sa femme, plus formellement. Ou quelqu'un d'autre que j'ai besoin de voir.

TJ l'embrassa, incapable de résister à une dose de plus de son goût pour le renforcer. Ça allait être une journée intéressante.

Le bruit de l'hélicoptère leur parvint bien avant qu'ils ne le repèrent au loin, et elle s'accrocha fort à lui pendant une seconde.

— Je sais que nous avons encore une tonne de choses à comprendre, mais tout ira bien.

— Bien sûr.

Sa foi devint sa foi, et ensemble, il n'y avait rien qu'ils ne puissent faire.

Shaun atterrit, son visage souriant regardant par la fenêtre. Ils jetèrent leurs sacs dans la zone des passagers et se précipitèrent derrière eux pour enfiler rapidement des casques.

Ils décollèrent et Pam se pencha sur lui pour regarder la cabane et le lac alors qu'ils se retournèrent pour repartir à Haines.

— Eh bien, je n'ai pas à vous demander si vous avez passé un bon moment.

La voix de Shaun se fit entendre dans le casque.

— Félicitations à vous deux.

Pam regarda TJ avec surprise. Il appuya sur le bouton de conversation pour expliquer.

— L'odorat du loup. Shaun sait que nous sommes partenaires.

— Il peut dire...

Elle rougit.

— D'accord, peut-être que je ne suis pas aussi prête à rencontrer ta meute que je le pensais.

TJ attrapa sa main et la serra.

Shaun reprit la parole.

— Je dois te donner la primeur. J'ai réussi à rester à l'écart du radar de ton grand frère la semaine dernière, mais j'ai reçu un ordre direct de mon Alpha à Whitehorse de lui faire un rapport dès que je vous ramènerai tous les deux sains et saufs. Ce qui est bien, puisque cela signifie que je n'aurai pas à affronter Keil.

TJ jura.

— Je n'avais pas l'intention de t'attirer des ennuis quand j'ai demandé de l'aide.

— Hé, pas de soucis. Tu aurais fait la même chose pour

moi si tu avais pu. Tu es un bon ami, TJ, et c'est bien d'avoir pu aider deux tourtereaux. Je ne pense pas que mon Alpha me causera des ennuis – c'est un romantique dans l'âme. Cela nous fera regarder de mauvais films de filles lors des réunions de meute, *yada yada*.

— Néanmoins, fais-moi signe si tu as besoin que je vienne parler à ton Alpha. J'ai l'impression que je vais m'expliquer constamment pendant un certain temps.

Shaun leva le pouce.

— Quoi qu'il en soit, j'ai contacté ta meute par e-mail pour leur faire savoir que je vous déposerai à la piste d'atterrissage. Quelqu'un devrait être là pour venir vous chercher. J'ai peur que tu sois tout seul après ça.

La main de Pam dans la sienne était tout le rappel dont il avait besoin.

— Je ne serai plus jamais seul.

Elle s'appuya contre lui et utilisa le casque.

— Alors, on attend les ennuis, c'est ça ?

— Je ne sais pas pourquoi ça devrait. Tu ne vas pas appeler les flics et me faire arrêter, si ?

— Je *suis* les flics.

Ils se sourirent.

UNE FOURGONNETTE beige se tenait sur le côté de la piste d'atterrissage — le véhicule de Tad et Missy — et TJ poussa un soupir de soulagement. L'Oméga de la meute serait la personne idéale à qui parler en premier.

TJ passa les paquets à Pam puis serra l'épaule de Shaun.

— Merci encore pour tout.

— Attends une seconde.

Shaun se tordit sur son siège pour faire face à TJ.

— Tu sais quoi ? Je pense qu'ils vont être très surpris quand ils te rencontreront, ton frère et les autres. Tu as changé. Il t'est arrivé quelque chose, tu n'es plus le loup que j'ai déposé il y a une semaine.

TJ fronça les sourcils.

Shaun secoua la tête.

— Disons que je doute pouvoir encore t'ordonner de faire quoi que ce soit pour moi.

— Vraiment ?

— Vraiment.

Shaun lui fit un clin d'œil et retourna à son tableau de bord.

— Maintenant, sors d'ici, ta compagne t'attend.

TJ rejoignit Pam sur le tarmac et ils prirent leurs sacs sur l'épaule, se dirigeant vers la camionnette.

Shaun ne pouvait plus lui donner des ordres ? Shaun l'avait toujours surclassé – la plupart des loups semblaient le surclasser. Non pas qu'ils en aient fait grand cas, mais il était généralement « le frère cadet de l'Alpha », par ailleurs pas très intéressant pour la plupart des membres de la meute.

Tad descendit de la camionnette et ouvrit le hayon. Puis il se recula et les toisa de haut en bas pendant qu'ils empilaient leurs sacs à dos dans le véhicule. Son sourire ironique était quelque peu rassurant.

— Content de te revoir. Et bienvenue dans la meute, Pam. Félicitations pour votre accouplement.

Pam tira sur la manche de TJ.

— Tout le monde sait que nous sommes ensemble. Il va falloir s'y habituer sérieusement.

TJ lui ouvrit la portière du côté passager et l'aida à monter.

— J'ai dit qu'il y avait des choses difficiles à expliquer –

il faut en quelque sorte les vivre pour comprendre.

Il se précipita sur la banquette arrière.

Elle se retourna pour répondre à Tad installé derrière le volant.

— Merci. Vous devrez m'avertir si je fais quelque chose de mal. Vous êtes... l'Oméga de la meute ?

Tad hocha la tête.

— TJ a expliqué un peu comment les loups opèrent ?

— Oui. En fin de compte, je n'avais pas l'intention de rejoindre un country club, j'ai juste...

— Nous voulons être ensemble.

TJ s'avança entre les sièges, et posa une main rassurante sur le bras de Pam.

— Eh bien, ensemble, c'est bien tout ça, mais j'espère que tu es prête à affronter la musique. Robyn est un véritable ouragan à elle seule, et Keil est revenu il y a une demi-heure et il prépare également une tempête. Missy essaie de les calmer tous les deux avant notre arrivée, mais nous verrons si cela fonctionne bien.

— Il va falloir qu'ils s'en remettent, prononça-t-elle avec courage. Pam jeta un coup d'œil par-dessus son épaule et elle eut le sentiment qu'une brise l'effleura. Elle les imagina assis ensemble, lui faisant de la musique, elle admirant le paysage.

Il embrassa doucement ses doigts puis chuchota :

— Cool.

Elle sourit.

— Je pense que je suis en train de comprendre.

— C'est intéressant. Je peux lire en toi, TJ, comme d'habitude, mais Pam, c'est comme si elle était une louve et en même temps non. Je ne savais pas que tu pouvais partager des émotions dans le cadre d'un accouplement entre humains et loups.

— Mais tu n'es pas un vrai loup depuis longtemps, hein ? demanda Pam.

— Non. Pourtant, au fond, ce que je ressens, c'est que vous vous appartenez tous les deux et que vous êtes bons l'un pour l'autre. Mais c'est mon interprétation, et ce n'est pas à moi de prendre des décisions concernant ta vie.

— Bon sang, marmonna Pam.

TJ éclata de rire.

— Parle Pam, dis-nous ce que tu ressens vraiment.

Tad sourit.

— Alors, qu'as-tu décidé ?

Elle écarta le col de son T-shirt pour révéler la marque que TJ avait laissée quand il l'avait mordue. La blessure avait guéri bien plus vite qu'ils ne s'y attendaient – une sorte de magie de loup.

Tad hocha la tête.

— Eh bien, la blessure est sèche. Tu sais, c'est plutôt intéressant de ne pas pouvoir te lire de la même manière que je peux lire le reste de la meute. Je pense que tu vas être bonne pour nous tous.

Il emprunta la longue et étroite allée qui menait au groupe de maisons construites contre les arbres à la périphérie de Haines. Il s'arrêta devant une ancienne maison en rondins, une large véranda courant sur toute la longueur du bâtiment. TJ se précipita rejoignit Pam. Un tricycle avec des banderoles roses était posé au milieu de l'allée, et Tad le poussa sur le côté.

— Je crois qu'on va nous offrir un dernier repas ou quelque chose comme ça.

Pam fredonna une partie du chant funèbre et TJ rit.

— Quelle chanson était-ce ?

— Tu vois, je t'ai dit que je ne savais pas chanter. Tant pis pour vos cours ce soir-là au chalet.

TJ haussa les épaules.

— Je suis ton partenaire, pas un faiseur de miracles.

Il l'attira contre lui, capturant ses lèvres. Elle avait le goût du soleil et du sexe, et s'il n'avait pas besoin d'aller voir ce que Keil et Robyn avaient prévu comme représailles, il la prendrait et irait se cacher dans les bois pendant quelques heures.

Ou quelques jours.

Elle lui rendit son baiser, ses doigts passant dans ses cheveux. Il aimait la façon dont sa langue prenait le contrôle, explorant et taquinant jusqu'à ce que tout son corps entende le réveil. Elle se rapprocha, sa peau douce et ses muscles puissants lui correspondaient parfaitement. Surtout quand il se pencha et prit ses fesses dans ses paumes, la serrant plus fort contre lui et...

— TJ, Pam. Je suis tellement content que vous ayez pu passer.

La voix profonde de Keil interrompit cet instant sexuel et ils se séparèrent. Son frère tourna les talons et entra dans la maison, laissant la porte ouverte derrière lui.

Les joues de Pam étaient rouges, mais elle leva le menton haut et s'avança à ses côtés.

— Ce n'est pas un crétin. Je veux dire, parfois il l'est, mais généralement c'est un très bon gars. Vraiment.

Pam renifla.

— Ne t'inquiète pas pour moi, j'ai l'impression que c'est ton cul qu'il veut en écharpe.

TJ hocha lentement la tête.

— Eh bien, il y a de ça.

Ils entrèrent dans la pièce principale et TJ compta les têtes. Keil et Robyn, Tad et Missy. Un certain nombre d'autres loups de haut niveau étaient présents, mais dans l'ensemble, cela semblait être un rassemblement plutôt amical.

Eh bien, amical sauf pour Robyn, qui lui jeta un regard mauvais alors qu'elle s'appuya contre le mur du fond. Keil se tenait au pied de l'escalier, les bras croisés devant sa poitrine comme un putain de bulldozer, prêt à l'écraser sous ses pieds.

Une confiance totale enveloppa TJ. À côté de lui se tenait sa compagne, son amusement face à la situation calmant ses inquiétudes. Zut, si elle n'était pas inquiète, pourquoi devrait-il l'être ? C'étaient sa famille et ses amis. Ils ne lui feraient rien qui ne soit fait par amour.

— Euh, salut, tout le monde. Vous avez tous rencontré Pam au mariage, mais j'aimerais la présenter à nouveau. C'est officiel, elle m'a accepté comme son compagnon.

Il s'était dit que pour l'amour de Pam, il devrait le dire, avant qu'un sage ne décide de demander comment ils avaient réussi à être aussi parfumés au sexe qu'ils l'étaient.

Ce n'était pas sa faute s'ils avaient pris cette dernière douche ensemble. C'était toute son idée.

Keil le domina.

— Ne fais plus jamais une cascade aussi farfelue. À quoi pensais-tu ? rugit-il.

TJ ouvrit la bouche pour répondre quand Pam s'interposa entre eux. Elle mit ses poings sur ses hanches et lança un regard noir à Keil.

— Ne lui crie pas dessus. Il s'est déjà excusé auprès de moi et je suis la seule dont il doive s'inquiéter.

Putain de merde. La mâchoire de Keil en tomba presque.

Sur le côté, Tad fixait le plafond en se mordant la lèvre. TJ aurait pu jurer que Tad riait.

Keil s'éclaircit la gorge et jeta un regard penaud dans la

pièce. Quand il reprit la parole, il baissa le volume et parla plus respectueusement.

— Je suis désolé, tu as raison. Je n'ai pas besoin d'élever la voix. Je fais allusion au moment où il s'est arrangé pour t'emmener, avec un plan de secours en cas de problème. Il sait que ce n'est pas la bonne procédure en termes de sécurité dans le désert.

Pam hocha lentement la tête.

— Oh. Je pensais que tu allais lui faire du souci pour m'avoir kidnappée. Par tous les moyens, s'il a foiré le protocole, dispute-le.

Elle recula et fit un geste de la main.

La salle éclata de rire.

Keil haussa un sourcil.

— C'est si gentil à toi de me donner la permission.

TJ se gratta le visage pour cacher son propre sourire. Oui, ça allait bien marcher, une fois qu'il aurait encaissé les reproches, parce que Keil avait raison sur les problèmes de sécurité.

Keil sortit un téléphone portable de sa poche et le plaqua dans la paume de TJ.

— Tu en auras probablement besoin – je l'ai retrouvé au camp de base après ton départ. Oh, et avez-vous même essayé le téléphone satellite que vous avez pris avec vous ? Ses batteries étaient presque mortes.

Pam le frappa.

— Mortes ? Et si j'avais voulu appeler l'hélicoptère ?

— Mais tu as cassé...

TJ scella ses lèvres.

Pam grogna après lui, ses yeux lançant des éclairs.

— La prochaine fois, laisse-moi planifier le voyage.

TJ essaya de cacher son sourire.

— Bien sûr.

— Eh bien, c'est intéressant. C'est l'humaine la plus alpha que j'aie jamais rencontrée, renchérit l'un des loups observateurs.

— Alpha ? N'est-ce pas ta position ? demanda-t-elle à Keil.

Il secoua la tête.

— Oui et non. Alpha n'est pas seulement une question de commandement, cela fait également référence à notre force, mentalement et physiquement. Il y a plus d'un loup alpha dans n'importe quelle meute. *Heck*, Erik et Maggie, les bêtas de la meute, sont aussi forts que Robyn et moi, mais ils ont choisi d'utiliser leurs forces d'une manière différente. Nous ne pouvons pas tous être des durs à cuire, tu sais.

— Donc, il n'y a aucun problème à ce que nous soyons ensemble ?

Pam revint aux côtés de TJ.

Keil haussa les épaules.

Robyn frappa dans ses mains et Keil fit une grimace.

— Oh oui, et Robyn prévoit d'avoir une longue conversation avec ton compagnon à propos d'un conseil qu'elle a donné et qu'il a ignoré.

D'accord, c'était plus effrayant que d'être appelé sur le tapis par Keil. TJ fit signe à Robyn avec hésitation et elle le lui retourna.

Pam sourit à TJ.

— Tu te souviens que j'ai dit que je n'étais pas sûre de traiter avec ta meute ? Pas de problème, j'ai compris. C'est comme traîner au siège avec les garçons.

Tad s'avança et fit un geste vers le canapé.

— Si vous souhaitez vous détendre, je pense que le bizutage formel est terminé. J'ai une dernière question qui m'intéresse, et peut-être que quelqu'un avec plus d'expérience pourra y répondre. Qu'en est-il de la force de TJ ? Je jurerais qu'il est devenu plus fort depuis qu'il est parti.

— Shaun a dit la même chose. De quoi parles-tu ? Je ne ressens rien de différent.

TJ était assis à côté de Pam. Elle enleva ses chaussures et se recroquevilla presque sur ses genoux. Elle passa une main sous son bras et lui chatouilla légèrement les côtes.

— La seule chose que je sais, c'est que je ne suis plus être aussi maladroit. Eh bien, relativement parlant.

La compagne de Tad, Missy, arpenta le sol pour s'asseoir sur le deuxième canapé en face d'eux, l'un de ses bébés de deux mois blotti contre son épaule.

— Ton loup n'a jamais été maladroit.

Pam se pencha en avant.

— Je pense que son loup est plus adulte. Plus mûr. Si TJ a vingt-deux ans, cela signifie que son loup est...

Elle se tourna vers lui et demanda :

— Comment fait-on pour compter les années de loup ? Sept, comme des chiens ?

Il gémit.

— Tu as promis que tu ne ferais plus ça.

Pam lui sourit.

— Si vous allez jouer avec les gros chiens, utilisez tous les outils que vous pouvez.

Il ouvrit la bouche pour protester, et soudain le téléphone portable que Keil lui avait donné sonna. Un farceur avait reprogrammé la sonnerie sur « Who Let the Dogs Out » et Pam craqua.

Il se leva pour y répondre, laissant Pam et Missy rire furieusement ensemble.

— Bonjour ?

— Imbécile ! Vous ne pouviez pas attendre que nous ayons fini notre lune de miel ? Putain.

— Salut, Maggie.

TJ prit une profonde inspiration. Tant pis pour lui. Il n'y avait aucun moyen qu'il puisse échanger un mot avec toutes ces femmes autour. Il l'écouta geindre pendant une minute avant d'avoir une brillante.

— Salut, Maggie. Je parie que tu dois parler à Pam. Elle est juste ici.

Il tendit le téléphone à sa compagne et elle le prit. Sa surprise se transforma en délice et elle se leva pour trouver un endroit plus calme pour discuter avec sa meilleure amie.

TJ jeta un coup d'œil dans la pièce. Missy berçait un bébé dans ses bras pendant que Tad faisait les cent pas aux côtés de sa sœur jumelle. Robyn tenait une conversation avec quelqu'un.

Kara, la fille de deux ans de Keil et Robyn, traversa la pièce. Elle tira sur la jambe du pantalon de Pam puis leva les bras.

Pam se pencha et souleva la petite fille qui se leva contre elle, le visage enfoui dans le cou de Pam. Pam reprit sa conversation téléphonique.

Une profonde satisfaction remplissait TJ : il voyait sa famille. Partager ensemble, rire ensemble. Le petit Jamie, l'aîné des enfants de Missy et Tad, se roula par terre avec quelques-uns de la meute sous leur forme de loup.

Ce n'étaient pas les Walton, mais c'était chez eux.

Il trouva Pam en train de le fixer, une lumière brûlante dans les yeux. Elle repositionna la fille dans ses bras et agita les sourcils, inclinant la tête vers l'enfant.

TJ lui fit un clin d'œil et elle sourit, lui soufflant un baiser.

Keil lui donna un coup dans l'épaule.

— Tu n'as pas entendu un mot de ce que j'ai dit, pas vrai ? À quoi sert cette expression idiote ?

TJ prit une profonde inspiration. Sa tête s'emplit des odeurs familières de la maison, et au-dessus de tout cela se trouvait Pam. Dans sa tête, et dans son cœur.

Pour toujours.

— C'est parce que je suis enfin au bon endroit, au bon moment. Excuse-moi, je reviens sur mes bourdes concernant la sécurité, parce que tu as raison, j'ai foiré. Et je m'excuserai également auprès de Robyn dans une minute. Mais il y a quelque chose que je dois faire avec ma compagne.

Il traversa la pièce et emmena Pam dans la cuisine, la petite Kara avec elle, car elle refusait de lâcher sa nouvelle amie.

— Mags ? Je dois partir. Je pense que TJ veut que je l'emmène faire une promenade.

TJ se frotta le front et dit au revoir à Maggie. Un maître-chien. Elle doit avoir un million de blagues en stock.

Pam rendit son portable et cligna des yeux.

— Bien. J'ai trouvé que tout s'était merveilleusement passé.

— Je voulais savoir si tu avais toujours la liste des partenaires.

Pam fronça les sourcils.

— C'est dans ma poche. Pourquoi ?

— Je n'ai jamais pu la finir.

Elle embrassa Kara sur le front puis la passa à TJ. La petite fille se tortilla pour être posée, et retourna en riant dans la pièce principale.

Pam fouilla dans sa poche arrière et déplia le papier sur le comptoir. Les bords étaient un peu plus en lambeaux et déchiquetés que lorsqu'ils avaient commencé, il y a moins d'une semaine.

Elle prit son visage entre ses mains.

— Tu m'as prouvé assez pour tenter ma chance, et bien

que nous ayons encore des choses à comprendre, je pense que nous sommes sur la bonne voie.

TJ attrapa un stylo.

— Je suis d'accord, mais il y a quelque chose que j'ai besoin que tu voies. C'est important.

Là où les cinq cercles se chevauchaient, un espace vide subsistait. Il s'était délibérément assuré que cela faisait partie de chaque cercle, et avec beaucoup de soin, il écrivit :

Toujours.

Il trébucha une seconde pour retrouver son équilibre tandis que son amour rampait jusqu'à lui et l'embrassait follement. Oh oui, elle allait bien s'intégrer.

TJ la porta dans l'une des chambres d'amis du fond. Personne ne remarquerait s'ils étaient portés disparus pendant environ une heure.

— Arrête, ordonna-t-elle.

S'il te plaît, ne sois pas timide et humaine.

— Ce sont tous des loups. Ils ne s'en soucieraient pas si nous faisions l'amour dans la pièce devant eux.

— Oui, eh bien, je doute que j'arrive un jour à ce stade de confort, mais laisse-moi juste...

Elle se pencha et attrapa la liste des partenaires sur le comptoir.

— D'accord, maintenant nous pouvons faire les fous.

— Tu as cette liste ?

— Je prévois de la garder, et toi, pour toujours.

11

SCÈNE BONUS

Pendant qu'ils travaillaient sur la liste des partenaires, TJ donna à Pam une leçon de chant impromptue, et j'ai toujours voulu partager la scène, mais il n'y avait pas de place dans la nouvelle originale. Voici pour vous dans cette édition spéciale *Northern Lights* ce qui s'est passé ce soir-là.

TJ remua une dernière fois deux tasses de chocolat chaud de Bailey's tout en complotant.

Il songeait que son aventure « tout expliquer sur les partenaires à une personne qui ne comprenait pas vraiment les loups en premier lieu » se passait bien, mais il était impossible d'en être absolument sûr. Il ne pouvait pas le dire d'après les réactions de Pam alors qu'elle restait assez prudente sur certaines choses, mais il y avait des indices que cela n'allait pas trop mal. Il avait encore trois jours, donc passer une tonne de temps à trop analyser n'était pas ce dont il avait besoin.

Au lieu de cela, il plaça une tasse à côté d'elle avant de se laisser tomber sur le sol, suffisamment près pour que leurs cuisses se touchent. Elle avait ajouté une autre bûche au feu, et le poêle crépitait, une belle toile de fond paisible et romantique pour leur soirée.

Pam enroula ses doigts autour de la tasse et lui offrit un sourire, et son cœur se remit à crépiter aussi.

— Merci. C'est trop mignon.

Irrésistible.

— Tu l'es aussi.

Il agita les sourcils, se pencha et pressa leurs lèvres l'une contre l'autre pendant un bref instant. Il aimerait oublier le chocolat chaud et l'embrasser encore et encore.

Ce serait trop facile de continuer. Pour retirer la tasse de ses doigts, la placer sur la table basse à côté d'eux, puis la tirer sur son dos. Embrasser le long de sa mâchoire alors qu'il s'installait entre ses jambes et...

Merde, il n'y avait pas seulement pensé, il l'avait fait.

Elle émit un faible gémissement et du feu irradia ses veines.

Ce n'était pas qu'une question de sexe. C'était tellement plus ; il recula à contrecœur, les forçant tous les deux à se mettre à la verticale.

— Nous reprendrons cela plus tard, promit-il. Pour l'heure, nous avons quelques leçons à apprendre, jeune fille.

Pam but une gorgée de chocolat chaud, les yeux écarquillés.

— Ça va nous booster.

— Pas assez pour se saouler, dit-il.

— Et si je veux m'enivrer ?

Il secoua la tête.

— Tu dois être en pleine possession de tes moyens cette semaine.

Il le dit de manière taquine, mais comme la vérité absolue que c'était.

Elle hocha la tête, prenant une autre gorgée avant de ranger soigneusement la tasse.

— D'accord, c'est pourquoi je vais suivre cette leçon de chant.

Elle prit son visage à une main.

— Je suis une telle voleuse de berceau.

Il attrapa sa main avant qu'elle ne puisse dissiper la chaleur de sa paume. Ce contact momentané lui injecta plus d'adrénaline que n'importe quel expresso.

— Nous, les loups, mûrissons beaucoup plus vite que les humains, l'informa-t-il.

— Oh, comme les chiens ?

Il garda un visage impassible.

— Quelque chose comme ça.

Elle sourit, mais resta silencieuse.

Il se redressa légèrement.

— Tu as déjà regardé « La Mélodie du bonheur » ?

Elle pencha la tête sur le côté et lui lança un regard genre « es-tu fou ? ».

Assez dit.

— Commençons gentiment.

— Fais gaffe à tes tympans.

— Je suis sûr que tu n'es pas si mal.

Mais au moment où ils atteignirent « Ray », il s'avéra beaucoup trop optimiste. Elle ne put tenir la note. Pendant qu'ils continuèrent, il fit de son mieux pour ne rien laisser paraître de la douleur qu'elle lui infligeait.

Oh, elle l'avait prévenu qu'elle ne savait pas chanter, mais elle était enthousiaste, augmentant sa confiance et son volume sonore — cher seigneur, ayez pitié — plus elle avan-çait dans la chanson.

Si elle devait chanter pour son souper, elle serait morte de faim en une semaine. Et c'était être généreux.

TJ fut soudainement frappé par un dilemme. Si cela avait été quelqu'un d'autre dans la meute qui avait voulu des cours de chant, comme son ami Mark Weaver, à ce stade, TJ aurait arrêté les cours afin de sauver sa santé mentale. Sans hésitation. Parce que Mark ne serait jamais chanteur, et à certains égards, c'était mieux s'il n'essaie pas.

Mais Mark n'en avait rien à foutre non plus. Il était souvent distrait. Mark était un type bien, mais il avait beaucoup à faire.

Pam adorait chanter. Il était clair qu'alors même qu'elle protestait et préparait le terrain pour avertir les gens autour d'elle, elle souhaitait pouvoir le faire.

Et elle chanta. Elle chanta juste – mal.

Donc, en tant que compagnon, il allait lui apprendre comment faire. Même s'il était certain qu'une lance transperçait une oreille, traversait son cerveau et sortait par l'autre, emportant avec elle une partie de son système auditif – il allait lui apprendre, ou mourir dans la tentative.

Quiconque la ferait se sentir mal à propos de ses talents à l'avenir devrait s'occuper de lui.

Son loup accepta la torture auditive, testant ses griffes et ses dents en vue de se protéger. *N'importe quoi pour notre partenaire.*

— Et voilà, dit Pam avec un sourire éclatant, je t'avais prévenu.

Il attrapa ses doigts et les serra.

— Tu n'es pas la pire.

Elle haleta.

— Oh, mon Dieu, cette pauvre personne.

Il éclata de rire.

— D'accord, je pense que cela s'est mal passé, mais ne t'inquiète pas. Pense à ceci...

TJ déposa un baiser sur sa paume. Elle fredonna joyeusement en réponse. Un beau fa moyen doux, si ses oreilles ne se trompèrent pas. Oh oui, ça allait fonctionner.

Il embrassa à nouveau sa main puis glissa plus au nord, passant sa langue contre sa peau jusqu'à son coude.

Le bourdonnement en fa se transforma en un long gémissement en sol.

Il s'arrêta et joua à l'intérieur de son coude, souriant contre sa peau parce que les bruits qu'elle faisait quand il la touchait là étaient une sorte de fa *hmmm* plus profond avec des petits morceaux de do et de mi aigu entre chacun d'eux. L'excitation s'intensifia comme un roulement de tambour à travers lui.

Il recula et vérifia son visage. Elle respirait difficilement, les joues rouges, les yeux mi-clos.

— Je n'ai aucune idée de ce que tu as fait, lui dit-elle, mais j'aime ça.

— Moi aussi.

Il la repoussa sur le tapis. Son poids reposait sur ses coudes de sorte que leurs corps se touchaient à peine. Elle gémit, un son plus aigu, comme une question. Elle glissa d'une octave.

Il plaça son visage dans le creux de son cou, et son loup se déchaîna un moment avant que la bête ne s'installe et aide TJ à se concentrer. Il lécha, embrassa et lécha encore. Mordillant son lobe d'oreille jusqu'à ce qu'elle ronronne (en si bémol).

TJ toucha sa poitrine, faisant glisser ses dents sur le mamelon dressé derrière sa chemise. Plus bas, plus bas, une série de sons suivait. Il lui enleva son pantalon de survêtement et se laissa tomber entre ses cuisses.

Ce fut alors que la chanson décolla vraiment. Chaque coup de langue, chaque caresse, chaque fois qu'il la touchait, un autre soupir de plaisir s'échappait en une belle mélodie. Une symphonie résonnant sur les murs de la petite cabane comme le bruit joyeux qu'il avait besoin d'entendre, et quand elle chanta enfin son orgasme, il ne prit pas la peine d'essayer de cacher son sourire.

Pam passa ses mains dans ses cheveux encore et encore, et son loup eut presque un sourire narquois.

— C'était très amusant, laissa-t-elle échapper en un soupir heureux.

TJ se redressa à côté d'elle.

— Tu as très bien chanté.

Elle hésita.

— Je ne sais pas de quoi tu parles.

— La chanson que tu viens de chanter. C'était génial.

Elle éclata de rire.

— Chante-moi quelque chose, ordonna-t-il.

— Est-ce que tu veux... ?

Il prit sa poitrine dans ses paumes, et les mots qui lui échappaient glissèrent désaccordés dans cette note magnifique et haletante. Ses yeux s'écarquillèrent.

— Sérieusement ?

— Avoue-le, la leçon était plutôt amusante.

— Attends la prochaine fois que quelqu'un souhaite que je fasse du karaoké. Tu dois venir avec moi, et ils finiront la soirée avec un film porno en même temps.

Cela n'arriverait pas de sitôt, parce qu'il n'était pas prêt à ce que quelqu'un d'autre voie son visage.

— Es-tu prête pour une leçon plus avancée ?

Il la remit sur ses pieds pour que le devant de leurs corps se frotte. Elle l'attrapa par la main et l'entraîna dans une

danse autour du salon, qui se termina par une chute mysté-
rieuse dans le lit.

— Oh, je n'ai aucune idée de comment c'est arrivé.

— Parfait. L'acoustique ici est encore meilleure que celle
de l'autre pièce.

Pam ricana.

— Je ne sais toujours pas chanter, lui rappela-t-elle.

Il secoua la tête, se frottant affectueusement contre elle
tout en s'assurant que son discours était limpide.

— Ton chant te rend heureuse, ce qui me rend heureux,
et c'est tout ce qui est nécessaire. Compris ? N'importe
quand, n'importe où, je chanterai avec toi.

Ses yeux brillaient telles des étoiles dans le ciel.

— Merci.

TJ hocha fermement la tête, et quand elle passa ses
mains sur son dos et tenta de le tirer vers le bas pour un
baiser, il la fit attendre. Il tendit la main par-dessus sa tête et
enleva sa chemise avant de lui faire la même chose.

— La leçon numéro deux commence maintenant...

ÉPILOGUE

Deux ans plus tard, juin, Haines Alaska.

Jared Gilliland aimait sa vie. Qu'y avait-il à ne pas aimer ? Il avait une grande meute à laquelle appartenir, des amis à aider et avec qui faire des bêtises, et...

— Ô doux paradis des anges dans la gloire et... waouh, putain, j'entends des cloches suis-je censée entendre des cloches ?

Une douce phrase absurde et haletante prononcée dans un soprano léger par la jeune femme allongée nue. Elle s'effondra mollement sur le matelas à côté de Jared.

Ils venaient juste de finir de profiter d'efforts plutôt vigoureux, et ses jambes se contractèrent contre sa cuisse, ce qui lui fit échapper un puissant soupir.

Il roula sur le côté pour la regarder avec amusement.

— Contente ?

Elle n'ouvrit pas les yeux.

— Je ne sais pas. Je ne peux pas parler. Je ne peux pas penser. Tu m'as tuée.

— Ne sois pas morte. Cela freinerait notre plaisir, car je ne suis pas nécrophile.

Ses lèvres esquissèrent un sourire.

— Mon Dieu, Jared, c'était incroyable.

— Merci, je sais.

— Tu serais presque égocentrique...

Un autre soupir de contentement lui échappa.

— Je reviens tout de suite, promit-il en embrassant le bout de son nez avant de sortir du lit et de se diriger nu vers la cuisine.

Il prit son temps, se promenant lentement et vérifiant son appartement au fur et à mesure – autant lui laisser quelques minutes pour récupérer.

Elle vivait dans un bel endroit. Soigné, beaucoup de meubles confortables avec des murs bordés de bibliothèques pleines de bibelots, de livres et de photos encadrées de beaucoup de famille et d'amis.

Il passa sa tête dans le frigo et leur servit des verres dans sa chambre.

La blonde réussit à se mettre en position assise, ses cheveux ébouriffés par le sexe et son sourire éclatant lui donnant un air très savoureux. Elle tendit avidement la main vers le verre qu'il portait.

— Oh, merci.

Ils burent leur verre, bavardant un peu. Rires et taquineries étaient faciles entre eux.

Elle s'adossa à un oreiller, soudain plus sérieuse.

— Je déteste changer de sujet, mais rappelle-toi que je ne cherche pas une relation sérieuse en ce moment.

Jared hocha la tête.

— Oui, tu l'as dit. Moi non plus, juste m'amuser.

— Du plaisir et beaucoup d'orgasmes.

Un clin d'œil enjoué.

— Naturellement, beaucoup de ceux-là.

Jared passa un doigt sous son menton.

— Pas de problème, bébé. Tu l'as mentionné plus tôt lorsque nous nous sommes rencontrés. Je ne vais pas te gronder.

Elle baissa fermement la tête.

— Je suis contente. C'est agréable de ne pas avoir à faire le truc de « rencontrer la famille » à chaque fois, d'avoir toutes ces attentes et de se demander où vont les choses. Je veux juste profiter de ta compagnie pendant un moment.

Jared en fut doublement content. Faire une rencontre avec sa famille n'était pas à l'ordre du jour – un cauchemar logistique total pour de nombreuses raisons. Et le fait qu'il était un loup métamorphe.

Non pas qu'il soit totalement opposé à l'idée de trouver un long terme. *Heck*, même son ami TJ avait trouvé sa compagne, ce qui, il y a un mois, devait être comme un deux sur dix sur l'échelle des choses les plus susceptibles de se produire.

Pourtant, c'était arrivé, et Jared était content pour son ami. Mais la foudre frappait rarement deux fois : les chances que Jared trouve un jour une compagne étaient probablement d'un million contre un.

Il repoussa sa morosité momentanée et fit glisser un doigt le long du bras de son amante, qui se tortillait.

— Es-tu prête à profiter un peu plus de ma compagnie en ce moment ?

Le divertissement de la soirée passa à la vitesse supérieure. S'il ne pouvait avoir de compagne, il pouvait au moins passer un sacré bon moment. Jared mit de côté les choses qu'il ne pouvait pas contrôler et travailla sur celles qu'il pouvait.

La vie était belle. Et ça lui allait bien.

À l'intérieur, cependant, son loup replia sa queue et fit la moue. *Humaine stupide*.

Le côté humain pouvait mentir autant qu'il le voulait, mais son loup *savait*. S'amuser était amusant, supposait-il, mais une compagne était plus qu'amusante.

Quelque chose lui manquait, et la bête n'allait pas abandonner tant qu'il ne l'aurait pas trouvée.

Une compagne. Elle est quelque part...

Vivian Arend, auteure de best-sellers au *New York Times*, vous présente une série de novellas légères au rythme enlevé, indépendantes les unes des autres, avec des couples prédestinés et des fins toujours heureuses.

Les Loups de Granite Lake
tome 1: Le Langage du loup
tome 2: L'Escapade du loup
tome 3: Les Jeux du loup
tome 4: Les Traces du loup
tome 5: Le Territoire du loup
tome 6: La Morsure du loup

Vivian fait actuellement traduire ses nombreuses séries. Merci de consulter son site web pour toutes les dernières informations.
www.vivianarend.com/fr

À PROPOS DE L'AUTEUR

Avec plus de 3 millions de livres vendus, Vivian Arend est une auteure de best-sellers figurant aux classements du New York Times et de USA Today. Elle a écrit plus de 70 romances contemporaines et paranormales.

Ses livres sont des romans intégraux qui peuvent se lire indépendamment de toute série et ne se terminent pas sur un suspense. Ce sont des histoires pleines d'humour et d'émotions, avec des moments sensuels et des fins heureuses. Vivian estime avoir le plus beau métier au monde. Elle habite en Colombie-Britannique, au Canada, avec son mari depuis plusieurs années (l'inspiration de chacun de ses héros et un compagnon volontaire pour toutes sortes d'aventures).